灿烂文学

中国文化百科

诗歌

悠久诗歌大国

周丽霞 编著 胡元斌 丛书主编

汕头大学出版社

图书在版编目（CIP）数据

诗歌：悠久诗歌大国 / 周丽霞编著. -- 汕头 ：汕头大学出版社，2015.2（2020.1重印）

（中国文化百科 / 胡元斌主编）

ISBN 978-7-5658-1592-8

Ⅰ．①诗… Ⅱ．①周… Ⅲ．①诗歌史－中国 Ⅳ．①I207.209

中国版本图书馆CIP数据核字(2015)第020896号

诗歌：悠久诗歌大国　　　　　　SHIGE：YOUJIU SHIGE DAGUO

编　　著：周丽霞

丛书主编：胡元斌

责任编辑：汪艳蕾

封面设计：大华文苑

责任技编：黄东生

出版发行：汕头大学出版社

　　　　　广东省汕头市大学路243号汕头大学校园内　邮政编码：515063

电　　话：0754-82904613

印　　刷：三河市燕春印务有限公司

开　　本：700mm×1000mm 1/16

印　　张：7

字　　数：50千字

版　　次：2015年2月第1版

印　　次：2020年1月第2次印刷

定　　价：29.80元

ISBN 978-7-5658-1592-8

前　言

　　中华文化也叫华夏文化、华夏文明，是中国各民族文化的总称，是中华文明在发展过程中汇集而成的一种反映民族特质和风貌的民族文化，是中华民族历史上各种物态文化、精神文化、行为文化等方面的总体表现。

　　中华文化是居住在中国地域内的中华民族及其祖先所创造的、为中华民族世世代代所继承发展的、具有鲜明民族特色而内涵博大精深的传统优良文化，历史十分悠久，流传非常广泛，在世界上拥有巨大的影响。

　　中华文化源远流长，最直接的源头是黄河文化与长江文化，这两大文化浪涛经过千百年冲刷洗礼和不断交流、融合以及沉淀，最终形成了求同存异、兼收并蓄的中华文化。千百年来，中华文化薪火相传，一脉相承，是世界上唯一五千年绵延不绝从没中断的古老文化，并始终充满了生机与活力，这充分展现了中华文化顽强的生命力。

　　中华文化的顽强生命力，已经深深熔铸到我们的创造力和凝聚力中，是我们民族的基因。中华民族的精神，也已深深植根于绵延数千年的优秀文化传统之中，是我们的精神家园。总之，中国文化博大精深，是中华各族人民五千年来创造、传承下来的物质文明和精神文明的总和，其内容包罗万象，浩若星汉，具有很强文化纵深，蕴含丰富宝藏。

　　中华文化主要包括文明悠久的历史形态、持续发展的古代经济、特色鲜明的书法绘画、美轮美奂的古典工艺、异彩纷呈的文学艺术、欢乐祥和的歌舞娱乐、独具特色的语言文字、匠心独运的国宝器物、辉煌灿烂的科技发明、得天独厚的壮丽河山，等等，充分显示了中华民族厚重的文化底蕴和强大的民族凝聚力，风华独具，自成一体，规模宏大，底蕴悠远，具有永恒的生命力和传世价值。

在新的世纪，我们要实现中华民族的复兴，首先就要继承和发展五千年来优秀的、光明的、先进的、科学的、文明的和令人自豪的文化遗产，融合古今中外一切文化精华，构建具有中国特色的现代民族文化，向世界和未来展示中华民族的文化力量、文化价值、文化形态与文化风采，实现我们伟大的"中国梦"。

习近平总书记说："中华文化源远流长，积淀着中华民族最深层的精神追求，代表着中华民族独特的精神标识，为中华民族生生不息、发展壮大提供了丰厚滋养。中华传统美德是中华文化精髓，蕴含着丰富的思想道德资源。不忘本来才能开辟未来，善于继承才能更好创新。对历史文化特别是先人传承下来的价值理念和道德规范，要坚持古为今用、推陈出新，有鉴别地加以对待，有扬弃地予以继承，努力用中华民族创造的一切精神财富来以文化人、以文育人。"

为此，在有关部门和专家指导下，我们收集整理了大量古今资料和最新研究成果，特别编撰了本套《中国文化百科》。本套书包括了中国文化的各个方面，充分显示了中华民族厚重文化底蕴和强大民族凝聚力，具有极强的系统性、广博性和规模性。

本套作品根据中华文化形态的结构模式，共分为10套，每套冠以具有丰富内涵的套书名。再以归类细分的形式或约定俗成的说法，每套分为10册，每册冠以别具深意的主标题书名和明确直观的副标题书名。每套自成体系，每册相互补充，横向开拓，纵向深入，全景式反映了整个中华文化的博大规模，凝聚性体现了整个中华文化的厚重精深，可以说是全面展现中华文化的大博览。因此，非常适合广大读者阅读和珍藏，也非常适合各级图书馆装备和陈列。

目 录

秦汉诗歌

先秦时期诗歌包括原始社会歌谣、《诗经》、《楚辞》以及春秋战国时期的一些民歌。先秦时期诗歌以其丰富的内容，完备的韵律，精巧的构思，为我国诗歌开了一个水平极高的头，是后代诗歌的滥觞。

汉代乐府诗歌是汉代诗歌的代表，在诗歌史上有极高的地位，与《诗经》、《楚辞》可鼎足而立；另一方面它在我国诗歌史上，起着承前启后的作用。

它既继承、发扬了《诗经》的现实主义传统，也继承、发扬了《楚辞》的浪漫主义精神。

最早的诗歌总集《诗经》

　　《诗经》是我国最早的一部诗歌总集，创作于西周初年至春秋中期，约在公元前6世纪中叶编订成书。

　　《诗经》原来的名字叫《诗》或者《诗三百》。在周代的时候，朝廷有专门采集诗歌的人，他们到全国各地采集诗歌，再汇集至朝廷，从而让朝廷知道各地方的民情风俗。

　　那时采集到的诗歌超过3000首，传说经过大圣人孔子的修订，只保留了305首，因此称为《诗三百》。到了汉代，儒家学者把它看做是经典，所以称作《诗经》。《诗经》与音乐的关系十分密切，《论语·子罕》记载：

吾自卫反鲁，然后乐正，雅、颂各得其所。

这句话的意思是说孔子说从卫国返回到鲁国，把音乐整理得合乎礼法，于是《雅》乐和《颂》乐也就能够得到正确的演奏了。西汉史学家司马迁曾经说过："三百零五篇，孔子皆弦歌之。"

《诗经》中的诗歌都是可以入乐歌唱的，它所收集的诗章就是根据音乐的不同而分作《风》、《雅》、《颂》三部分的。

"风"是带有地方色彩的音乐，《风》诗是从周南、召南、邶、鄘、卫、王、郑、齐、魏、唐、秦、陈、桧、曹、豳等15个地区采集上来的土风歌谣，即《国风》。《风》共有15个地方的《国风》，共160篇。大部分是民歌。

"雅"是周王朝直辖地区的音乐，称为"正声雅乐"。按音乐的不同又分为《大雅》31篇，《小雅》74篇，共105篇。除《小雅》中有少量民歌外，大部分是贵族文人的作品。

"颂"是宗庙祭祀的舞曲歌词，内容多是歌颂祖先的功业的。《颂》诗又分为《周颂》31篇，《鲁颂》4篇，《商颂》5篇，共40篇。全部是贵族文人的作品。

从时间上看，《周颂》和《大雅》的大部分产生在西周初期；《大雅》的小部分和《小雅》的大部分产生在西周后期至西周东迁时；《国风》的大部分和《鲁颂》、《商颂》产生于春秋时期。

《风》是整部《诗经》中的精华，它对上古时期的现实生活作了生动的描绘。有些诗歌展现了当时的社会生活和生产劳动的场景；有些诗歌反映了兵役和劳役给民众带来的痛苦；有些诗歌讽刺了一些官员腐败无耻的生活；有些诗歌则描绘了当时的爱情婚姻生活。

《豳风·七月》是《国风》中最长的一首诗歌。在这首古老的农事诗里，记录了上古先民一年四季所从事的农业劳动，全面反映了当时的农业生产情况。

《国风》中反映爱情婚姻生活的诗篇最集中，艺术成就也最高。这类诗歌或歌唱男女之间相悦相思之情，或赞誉对方的风采容颜，或描述男女幽会时的情景，或感叹弃妇的不幸遭遇。

　　《关雎》在《国风》中排列第一。这是一首地地道道的爱情诗，描写了一名男子在遇到一位采荇菜的女子后油然而生思慕之情，不由得发出"窈窕淑女，君子好逑"的心声，并展开了对爱情的不懈追求，表达了一种争取美满婚姻的愿望。

　　《汉广》是一首男子求偶失望的诗。全诗皆用比喻和暗示。"南有乔木，不可休思。汉有游女，不可求思"，即是比喻。乔木不可休，游女不可求，实际是比喻所求之女不可得。

　　《国风》中描写当政者腐败丑恶的诗篇，具有政治批评的意义。总体而言，这些诗歌反映了下层民众对当政者的不满，乃至憎恨情绪，其中《伐檀》、《硕鼠》两诗最为著名。

　　《伐檀》是一群伐木工人在河边砍伐木材时唱出的歌。他们辛勤干活，终日劳累，却无衣无食，而那些所谓的"君子"、"不稼不穑"、"不狩不猎"，家里粮食、猎物却应有尽有。诗中伐木工人对这种不劳而获的现象进行了严正的责问和尖锐的讽刺。

　　《雅》中的《大雅》大多数是王室贵族和朝廷官员以及乐官等所写的歌颂周王朝的诗篇，用于诸侯朝会。《小雅》大多数诗篇出于贵族文人之手，用于贵族宴会。

　　《小雅》中的少数诗篇来源于民间，他们或写饥寒之苦，或写征夫之劳，叙事生动，描写细腻。《采薇》是一首写戍边兵士的诗。诗的末章写有"昔我往矣，杨柳依依，今我来思，雨雪霏霏"的诗句，融情于景，以乐景写哀，哀景写乐，倍增其哀乐，写出了戍卒久役将归的又悲又喜的真实情感。

　　《大雅》中有5篇史诗极富价值，它们是：《生民》、《公刘》、《绵》、《皇矣》和《大明》。这些祭祀诗所涉及的历史，跨越了整个周族从产生到壮大再到立国的一个漫长时期，诗歌中有些人物和事件的发生远在有史记载之前，因此在写定这些长期流传的部族故事中，带有早期神话传说中所特有的想象成分和传奇色彩。

《颂》包括《周颂》、《商颂》、《鲁颂》3部分。周代初期，人们心中的神灵观念根深蒂固，祭祀是人们表示对神灵崇拜的重要方式，是人们生活中非常重要的一部分，祭祀礼乐由此也变得十分重要。

祭祀歌曲集中收入在《诗经》"颂"中的《周颂》里。这些宗庙祭祀诗主要是歌颂祖先的文治武功，赞美他们的美德善行。

《诗经》不但思想深广博大，而且艺术成就卓越非凡，对后世文学产生了深远的影响。

《诗经》艺术风格朴实自然，《诗经》主要产生于两三千年前以黄河流域为中心的北方地区。北方人民由于自然条件较差，生活勤劳，养成了朴实浑厚的性格，他们的歌唱也就自然表现出重现实、重实际、重真情的思想特征。

《诗经》十分富于现实主义创作精神。《诗经》中超过三分之二的作品是以当时的现实生活为写作素材的，它们真实地反映了当时500多年间的社会生活状况，细腻地描绘了当时普通民众的思想活动和感情世界。

《诗经》采用了多样的艺术手法。《诗经》以古朴的四言诗为主，但并不拘泥于这种句式，而是富有变化，许多诗句常常冲破四言的定格，而杂用二言、三言、五言、六言、七言乃至八言等。

《诗经》采用最多的艺术手法是赋、比、兴。《风》和《小雅》多用"比"、"兴"手法，《大雅》和《颂》用得较多的是赋。《采薇》就是用"赋"的手法写成的。《氓》一诗中用桑树从繁茂到凋落的变化来比喻爱情的盛衰。

除了采用赋、比、兴艺术手法外，《诗经》还适当地运用夸张、对偶、排比、层递、拟声等多种修辞，使作品摇曳生姿，文采斐然。

《诗经》句式整齐，声调和谐，具有极高的审美价值。结构常采用叠章的形式，各章词句基本相同，每章更换一两个字以表示事物发展的顺序和过程。这种分章叠咏、词句复沓的表现手法，能形成一种一唱三叹的艺术效果。

《诗经》的作者善于选用陈述、感叹、问答、对话、肯定、否定等多种句式，借助句式的多样变化，以恰当而完美的形式表情达意，无形中扩大了句的容量，增强了诗歌语言的表达效果。

《诗经》奠定了诗歌的优良传统，成为我国传统文学和艺术藏量丰富的宝库，对后世的文学和艺术创作有着非常深远的影响，启发和诱导了一代又一代文人的创作。

拓展阅读

《诗经》的作者的成分很复杂，产生的地域也很广。除了周王朝乐官制作的乐歌，公卿、列士进献的乐歌，还有许多原来流传于民间的歌谣。

这些民间歌谣是如何集中到朝廷来的，则有不同说法。最流行的说法有两种，一种说法是周王朝派采诗人到民间收集歌谣，以了解政治和风俗的盛衰利弊；另一种说法是：这些民歌是由各国乐师收集的。乐师是掌管音乐的官员和专家，他们以唱诗作曲为职业，收集歌谣是为了丰富他们的唱词和乐调。

楚辞的产生与辉煌成就

在春秋时期，楚国兴盛于江汉流域，其后日益强大，雄踞南方。楚民族性格活泼，爱好音乐舞蹈，民间盛行巫风，在祭祀鬼神时一定要唱巫歌，于是产生了以巫文化融合中原文化为基础的楚文化。

在楚国，上自楚王，下至百姓，都相信鬼神，喜欢祭祀，把人间的一切活动告知鬼神，祈求鬼神降福于他们，如此浓厚的巫风自然充斥着迷信的成分。但同时，其中大量神奇瑰丽的神话传说，不仅给文学创作提供了丰富的素材，而且也启发着诗人们的想象。

战国后期，以屈原为首的楚国诗人创作了一种新的诗体，这就是楚辞。楚辞"书楚语，作楚声，纪楚地，名楚物"，具有十分浓厚的地方色彩。

"楚辞"之称，始见于西汉，汉成帝时，文学家刘向在前人纂辑的基础上，集录屈原、宋玉诸作及后人模拟之作为一书，统题为《楚辞》。《楚辞》主要以屈原作品为主。

楚辞是《诗经》之后古代诗歌的又一座高峰。风格独特的楚声、楚歌为楚辞的产生提供了丰富的养料，此外，南北文化的交流和融合也对楚辞的产生有着重要作用，还有，《诗经》的思想以及表现方法也对楚辞产生了一定的影响。

屈原是楚辞体产生的最重要、最伟大的创造者。屈原，公元前340年出生于楚国的贵族之家，与楚王同姓。屈原是一个有大才的人，他才高学博，善于应对，具有远大的政治抱负。

屈原在从政初期，身居要职，受到楚怀王的高度信任，能左右国家的政策,可以施展他匡世济民的雄才大略。然而,屈原在做官的道路上并不是一帆风顺的,而是充满了波折。当他踌躇满志之时,他的政敌上官大夫等向他发难,在楚怀王面前极力诋毁他。

楚怀王是一个偏听偏信的国君,他听信谗言,开始疏远屈原,而屈原又不肯委屈自己,最后丢掉了官职。从那以后,屈原前后两次遭到放逐。第二次放逐后,屈原一直过着颠沛流离的囚徒生活,可是他依然坚持理想,不肯放弃。

公元前278年,秦国军队攻陷楚国的郢都。流放中的屈原得知亡国的消息,极其愤懑,理想破灭了,又走投无路,就自沉汨罗江,含愤离开了这个世界。

屈原的作品,《汉书·艺文志》著录为25篇,东汉时期王逸的《楚辞章句》也确定屈原作品为25篇,包括《离骚》、《九歌》11篇、《天问》、《九章》9篇、《远游》、《卜居》、《渔父》。

以《离骚》为代表的这些作品,奠定了屈原在文学上的崇高地位。《离骚》是古代最长的政治抒情诗。全诗长达373句,有2477字。

在《离骚》这首长诗中,屈原以浪漫奇特的构思和深沉悲愤的激情,结合自己的身世遭际,塑造了一位血肉丰满的抒情主人公形象,表现了丰富深刻的思想和卓越精湛的艺术。

《离骚》无论在形象塑造、创作方法、表现手法和形式,以及语言等方面,都有所开拓和创新,取得了辉煌的成就。

《离骚》以现实主义为基调,以浪漫主义为特色,两者完美结合。《离骚》的现实主义基调体现为诗人以极富个性化的笔触,真实而深刻地揭示了战国后期楚国政治的黑暗和社会的混浊,直率地抒发了诗人的理想和感情。

《离骚》全诗闪烁着强烈的浪漫色调，具体表现在3个方面：用比兴手法集中而夸张地描写抒情主人公的高洁；塑造一系列神灵形象，陪衬主人公；描绘瑰丽奇幻、缥缈迷离的境界。

《离骚》具备严整细密的艺术结构，长诗既有对奇幻境界的描绘，又有对现实遭遇的叙述，既有陈述志向的议论，又有自身情怀的抒发，内容丰富，头绪繁多，但诗人写得有条不紊，紧凑严密。

《离骚》的艺术成就还表现在它对诗歌形式和语言的革新上。《离骚》篇幅较长，句式灵活参差，多六言、七言，以"兮"字做语助词。在语言上，双声、叠韵、重言的运用，都较《诗经》有新的发展，特别是大量吸收楚地方言口语入诗，显示了新的风采。

除了《离骚》外，《九章》、《九歌》、《天问》也都是《楚辞》中重要的诗篇。这些诗篇综合表达了诗人热爱楚国，怀念古都，以及至死不变的高尚节操。除了思想价值极高外，这些诗篇各具特色，有着较高的艺术价值。

拓展阅读

屈原是一位最受人们敬仰和崇拜的诗人。据《续齐谐记》和《隋书·地理志》记载，屈原于农历五月初五投江自尽。因为怕屈原之身被鱼虾所食，人们把米包在粽叶里面做成粽子投放在江里。

此后，每年的农历五月初五，人们都包粽子，并在粽子上系上五彩丝线，然后将粽子投放在江里。这种习俗后来形成了传统节日端午节。另外，为了寄托哀思，在端午节这天人们荡舟于江河之上，逐渐发展成为龙舟竞赛。

汉代乐府民歌的内容和成就

　　乐府原本是政府的音乐机构。早在秦代，乐府就作为政府的音乐机构的名称而存在了，汉代后，沿袭秦代体制，也设有专门的音乐机构，它的主要职能是管理郊庙、朝会的乐章。

　　至汉武帝时，音乐机构的规模和职能都大大扩大了，这是汉武帝整顿改革礼乐的一项重要举措，目的是改革传统的郊庙音乐歌曲，用新声改编雅乐。

当时乐府的具体职能，一是采集和编写歌词；二是谱写乐曲；三是训练乐工；四是演奏乐歌。

在这些职能中，最引人注目的一项职能就是"采诗"，也就是由乐府机构派专人去各地收集民歌俗曲，配乐歌唱，供统治者考察政治得失。

汉代乐府歌词的来源有三：

第一类是宫廷文人写作的，这类乐章主要用于朝廷典礼，包括《郊庙歌》、《燕射歌》与《舞曲》。

第二类是从全国各地收集来的民歌，这类歌词主要在普通场合演唱，包括《相和歌》、《清商曲》与《杂曲》。

第三类是来自西域的音乐，这类歌词大多是振奋士气的军乐，包括《鼓吹曲》和《横吹曲》。

其中从民间采集而来的歌词，习惯上称为"乐府民歌"。《汉书·艺文志》记载：

> 自孝武立乐府而采歌谣，
> 于是有赵、代之讴，秦、楚之
> 风，皆感于哀乐，缘事而发，
> 亦可以观风俗，知厚薄云。

"赵、代之讴，秦、楚之风"，可以见出当时采诗的地域很广；"感于哀乐，缘事而发"，可以知道当时采集的诗歌具有现实主义精神，是下层民众真情实感的抒发；"观风俗，知厚薄"，可以了解统治者有考察政治得失的意图。

《汉书·艺文志》列出了西汉时期所采集的138首民歌所属的地域，范围遍及全国各地。宋代郭茂倩的《乐府诗集》收录了最为完备的乐府诗歌。汉代民歌主要保存在其中的"鼓吹曲辞"、"相和歌词"、"杂曲歌词"3类。

"鼓吹曲辞"即箫鼓合奏，其中的作品《铙歌十八曲》产生的时间不一，内容庞杂，有记叙战事，表扬武功，歌颂爱情等，其中收录有部分民歌，反映了人们生活的某些侧面。

《有所思》和《上邪》是表述爱情的作品，两者都塑造了泼辣大胆的村野姑娘形象，前者为心上人准备了珍贵的礼物，但"闻君有他心"，立即决定"从今以后，勿复相思，相思与君绝"。后者的爱情表白更是热情如火：

> 　　上邪，我欲与君相知，长命无绝衰。山无棱，江水为
> 竭，冬雷震震，夏雨雪，天地合，乃敢与君绝！

　　连用5个绝对不可能成为事实的假设反衬对爱情的坚贞不渝，感情炽烈、奔放、粗犷。

　　"相和歌词"中的"相合"指丝竹相和或人声相和的演唱方式，其辞多为汉代街陌歌谣，较为全面地反映了人们的生活和精神世界。

　　"相和歌词"内容丰富，其中有描叙人们悲惨苦难生活的，如《平陵东》、《妇病行》、《东门行》、《孤儿行》等。

　　除描叙人们悲惨苦难生活的主题外，"相和歌词"中还满怀深情和同情地写出了人们乐观善良的美好品质，以及他们对生活的热爱和对情感的真挚追求。代表作品有《陇西行》、《白头吟》、《饮马长城窟行》、《陌上桑》等。

　　此外，"相和歌词"还展现了人们对生死的朴素思考，如《长歌行》中的"少壮不努力，老大徒伤悲"，充满惜时发奋之情。

　　《蒿里》中的"蒿里谁家地？聚敛魂魄无贤愚。鬼伯一何相催促？人命不得少踟蹰。"将人生短

暂的感叹倾诉无遗。

"杂曲歌词"是各类曲子的集合，其歌词内容或抒怀，或游乐，或忧愁，或离别，或征战，内容既有文人所作，也有民间歌谣。代表作品有《十五从军征》、《古歌》、《孔雀东南飞》等。其中《孔雀东南飞》典型体现了汉代乐府民歌的艺术成就。

汉代乐府民歌是继《诗经》、《楚辞》之后，我国诗歌发展史上的又一重要阶段。汉代乐府民歌的主要艺术特色是以叙事为主，"感于哀乐，缘事而发"，扩大了我国诗歌的叙事领域。

由于民歌作者对下层生活有着直接的感受和体验，因此在将之诉之于诗歌时，能够选取典型事件来概括，并将代表了本阶层的思想感情融化其中。

汉代乐府民歌大部分是叙事诗，其艺术成就又体现为高超的叙事技巧。这种技巧不仅是笼统的叙事与抒情相结合，而且在具体手法上表现为第一人称的叙事多取生活片断或典型场景，便于集中抒发强烈的感情；第三人称的叙述则于相对完整的故事情节中塑造出鲜明生动的人物形象。

汉代乐府民歌还善于使用多变的句式和自然的语言。汉代乐府民歌形式自由灵活，或四言，或五言，或杂言，句式上从一二以至十言不等，这些多样的句式有助于表达不同的情感和内容，表现出劳动人民无穷的创造力。

汉代乐府民歌来自民间，因此其语言朴素自然、生动活泼，既充满着真情率性，又洋溢着浓郁的生活气息。如《孤儿行》、《妇病行》、《上山采蘼芜》等语言率性而发，绝无文饰，更为重要的是"质而不俚，浅而能深，近而能远，天下至文，靡以过之"。

汉代乐府民歌的现实主义精神直接继承《诗经》现实主义精神，而且有所发展，对后世的诗歌创作产生了重大影响。形式上除直接孕育了东汉文人五言诗外，对后世五、七言、杂言诗体的发展也有较大影响。它的叙事技巧和语言特色对后世诗歌也有着较深的滋润作用。

拓展阅读

宋代郭茂倩的《乐府诗集》将由汉代至唐代的乐府诗依音乐和时代分为12类：郊庙歌词、燕射歌词、鼓吹曲辞、横吹曲辞、相和歌词、清商曲辞、舞曲歌词、琴曲歌词、杂曲歌词、近代曲辞、杂歌谣辞、新乐府辞。

郊庙歌词用于祭祀天地；燕射歌词用于朝会宴飨；鼓吹曲辞用于朝会道路；横吹曲辞用于军旅；相和歌词是各地采集入乐的民歌；清商曲辞是江南、荆楚民歌；舞曲歌词用于配舞乐；琴曲歌词用于合琴曲；杂曲歌词是指没配乐或分不清乐调的歌词；近代曲辞是指隋唐时期的杂曲；杂歌谣辞指的是徒歌谣谚；新乐府辞指的是唐代人所作的不入乐的徒歌。

长篇叙事诗《孔雀东南飞》

《孔雀东南飞》是汉代乐府诗中最长的一篇叙事诗，即使在我国诗歌史上，也是罕见的长篇叙事诗。《孔雀东南飞》典型体现了汉代乐府诗歌的艺术成就，是汉代乐府艺术的典范之作。

《孔雀东南飞》在《玉台新咏》题为《古诗无名人为焦仲卿妻作》，《乐府诗集》收入《杂曲歌词》，题为《焦仲卿妻》。

《孔雀东南飞》全诗共53句，1765字。诗中写了一个封建社会中常见的家庭悲剧。

东汉末建安年间，男主人公焦仲卿是庐江太守府内的一个小官吏，与其妻刘兰芝是一对恩爱夫妻。刘兰芝貌美贤淑，勤于家务，可苛刻的焦母却不喜欢儿媳，婆媳关系颇为紧张。

焦仲卿夹在母亲与爱妻之间，处境尴尬。妻子向他诉苦，母亲却逼他休妻再娶。最后焦仲卿难违母命，劝说妻子暂回娘家。刘兰芝回到娘家后，她的兄长逼她再嫁，她只得以死抵抗，"举身赴清池"。

焦仲卿闻此消息，幡然醒悟，也"自挂东南枝"，夫妻俩用自己的死来抗议封建家长的专制。最后，双双自杀的焦仲卿和刘兰芝得以合葬在一起，用他们的冤魂默默地控诉着源于封建家长制的罪恶。

在这首长篇叙事诗里，各种艺术手段都作了充分的发挥，叙事之完整、情节之曲折，性格之突出，语言之个性化，都是前所未有的。通过刘兰芝的自叙和编唱者的插叙，叙述了刘兰芝与焦仲卿两人从结婚到分手以及死后合葬的全过程。

这首诗的情节是非常曲折的。刘兰芝自愿遣归，而焦仲卿又向母亲求情。刘兰芝已经上路，而焦仲卿又誓不相负。刘兰芝虽守誓约，而又有县令、太守的相继提亲和兄长的逼婚。最后两人誓同生死，遂以悲剧告终。

《孔雀东南飞》中人物性格典型，其中刘兰芝的性格尤为鲜明。首先，她有坚强的性格。例如当她感到自己辛辛苦苦而不幸被遣时，便向丈夫焦仲卿申诉，自愿遣归：

十七为君妇，心中常苦悲……
鸡鸣入机织，夜夜不得息。
三日断五匹，大人故嫌迟。
非为织作迟，君家妇难为。
妾不堪驱使，徒留无所施。
便可白公姥，及时相遣归。

刘兰芝在被遣归的遭遇面前，如此从容，如此坚决，表现了极其坚强的性格。

当丈夫焦仲卿再一次"下马入车"、"低头耳语"，发誓"不相负"时，刘兰芝又说了下面的话：

感君区区怀，君既若见录，不久望君来。君当做磐石，妾当做蒲苇，蒲苇纫如丝，磐石无转移。

从中以看出，刘兰芝非常重视和丈夫的深厚感情，因此在她看到了丈夫真情实意后，遂发出了这样的誓言。

当焦仲卿知道妻子刘兰芝被迫改嫁时，闻变而来，两人最后会面时。焦仲卿痛苦地说出"贺卿得高迁……吾独向黄泉"，而刘兰芝的回答是冷静而坚定的："同是被逼迫，君尔妾亦然。黄泉下相见，勿违今日言！"

刘兰芝的性格如此坚强，而待人又十分良善。她的感情既是丰富的，又是含蓄的。她向小姑告别之时，万感交集，一泻而不可收拾：

> 却与小姑别，泪落连珠子：
> 新妇初来时，小姑始扶床。
> 今日被驱遣，小姑如我长。
> 勤心事公姥，好自相扶将。
> 初七及下九，嬉戏莫相忘。

说完出门登车去，涕落百余行。这种情感是何等的深情，何等的真挚！

焦仲卿是诗中另一个重要形象，作者表现出他从软弱逐渐转变为坚强。他开始对母亲抱有幻想，当幻想被残酷的现实摧毁后，他坚决向母亲表明了以死殉情的决心，用"自挂东南枝"表示对爱情的忠贞和对封建家长制的反抗。

全诗的人物描绘都是生动的。这和诗的语言个性化很有关系。不仅刘兰芝、焦仲卿两人的语言都有个性特点，连两家"阿母"的三言两语，一举一动，也都有个性特性。焦母的专横暴戾，刘兄冷酷自私、贪财慕势的性格，在诗中都刻画得栩栩如生。

《孔雀东南飞》中比兴和浪漫手法的运用，对形象的塑造起了非常重要的作用。作者的感情与思想的倾向性通过这种艺术方法鲜明地表现了出来。

诗篇开头，"孔雀东南飞，五里一徘徊"是"兴"的手法，用以兴起刘兰芝、焦仲卿彼此顾恋之情，布置了全篇的气氛。

最后一段，在刘兰芝、焦仲卿合葬的墓地，松柏、梧桐枝枝叶叶覆盖相交，鸳鸯在其中双双日夕和鸣，通宵达旦。这既象征了刘兰芝和焦仲卿夫妇不朽，又象征了他们永恒的悲愤与控告。这是刘兰芝和焦仲卿形象的浪漫主义发展，闪现出无比灿烂的理想光辉，使全诗起了质的飞跃。

《孔雀东南飞》颇具民间说唱的形式特点。作为说唱的民间故事，既有现实的依据，又有幻想的因素，语言多夸张的成分，如"十五弹箜篌，十六诵诗书"，作为小户人家的女子，具有这样的教养，定是有所虚构和夸张。

拓展阅读

《孔雀东南飞》为乐府诗集，创作时间大致是东汉献帝建安年间，作者不详，相传是当时民间为纪念"焦刘"的爱情悲剧而创作的，今天看到的版本在长期的流传过程中可能经过后人的修改。

《孔雀东南飞》最早见于南宋时期陈国徐陵编著的《玉台新咏》中，题为《焦仲卿妻》或《古诗为焦仲卿妻作》。诗前有序文："汉末建安中，庐江府小吏仲卿妻刘氏，为仲卿母所遣，自誓不嫁。其家逼之，乃投水而死。卿闻之，亦自缢于庭树。时人伤之，为诗云尔。"

宋代人郭茂倩编著《乐府诗集》时，又将其收入，题为《焦仲卿妻》。一般取此诗的首句作为篇名《孔雀东南飞》。

六朝诗歌

魏晋南北朝时期，诗歌创作进入了以文人为主、自觉和个性化的时代，诗人之多，诗作之富，诗风之多样，诗歌在表现社会生活与人们内心世界上的开拓与深入，以及诗歌自身形式上的变化和创新，都出现前所未有的壮观局面。

魏晋南北朝诗歌是我国诗歌开端与鼎盛之间的过渡阶段，明显具有承前启后的历史地位。魏晋南北朝800余年诗坛本身也是名家迭出，名篇如潮，无论其审美价值还是诗歌史、文学史上的影响，都值得后人重视。

继承中有发展的建安诗歌

建安是东汉末年汉献帝的年号，这个时期及以后魏初的若干年的文学创作，称"建安文学"。建安诗人生活在汉代末期，饱经时代的风云和世事的沧桑，他们所发的歌吟，多为反映社会离乱、抒发平生理想之作。

南北朝文学家刘勰在《文心雕龙·时序》中说：

观其时文，雅好慷慨，良由世积乱离，风衰俗怨，并志深而笔长，故梗概而多气也。

建安诗人一方面继承了汉代乐府民歌的传统；另一方面又加以发展、改造，用他们现实主义的创作精神，在诗歌史上树起一面旗帜。风格多呈现清新刚健、慷慨悲凉的特征，被称誉为"建安风骨"。

　　在这种风格的诗歌里，包含着诗人的真情实感，在语言表达上又具有简练刚健的特点。

　　建安作家主要有"三曹"、"七子"。"三曹"即曹操、曹丕、曹植父子3人；"七子"是指孔融、王粲、徐干、陈琳、应场、刘桢7位文人。建安文学最有成就的文学样式是五言诗，其次是赋，如曹植的《洛神赋》、王粲的《登楼赋》等。这个时期文学成就最突出的是曹操、曹丕、曹植和王粲。

　　曹操，是个杰出的政治家和军事家，同时，也是位杰出的诗人。他的诗歌存有20余首，都是以乐府为旧题写时事的乐府诗，题材非常丰富。诗歌从现实出发，或者描写战争给民众造成的灾难，如《薤露行》、《蒿里行》、《苦寒行》等。或者抒发自己的胸襟怀抱、雄心壮志，如《对酒》、《短歌行》、《步出夏门行》等。

在曹操的诗歌中，《短歌行》、《步出夏门行》中的《观沧海》、《龟虽寿》是历来为人传诵的千古名篇。《短歌行》是四言乐府诗，在宴飨宾客时吟唱，诗歌的主题是抒发为了统一大业而求贤若渴的心境，体现了一唱三叹，慷慨悲凉中体现出昂扬之态。

《观沧海》是《步出夏门行》的第一章，诗人观海抒情，借海明志，景语情语，浑然一体。

《龟虽寿》中的"老骥伏枥，志在千里；烈士暮年，壮心不已"，则直接吐露了曹操的壮志豪情。

曹操善于创新，他是向民歌学习、创作拟乐府诗的开创者。他借乐府旧题写时事或抒怀抱，如《薤露行》、《蒿里行》本是挽歌，曹操却用以描写现实的动乱，表达自己的哀痛。

曹操的诗语言质朴简洁，善用比兴，形象鲜明，诗歌风格悲凉慷慨，沉郁雄健。

曹丕，曹操的次子，曹操死后，袭位为魏王，后代汉称帝，世称魏文帝。曹丕擅长诗文，有相当多的作品流传下来，而且多为名篇佳作。存诗40余首，三言、四言、五言、六言、七言、杂言诸体具备。

曹丕的诗歌内容大多是描写男女爱情和乡情的，如《杂诗·漫漫秋夜长》、《燕歌行》、《秋月行》等。

《杂诗·漫漫秋夜长》，以浮云作比兴，写游子遭遇不幸，被迫背井离乡，长期滞留在外，因畏惧外乡人而欲言又止。诗以压抑的情调戛然结束，表现了思乡而又难以排解的忧伤心情。

《燕歌行》共两首。《秋风萧瑟天气凉》描写一个独守空房的妇女在深秋寒夜思念远行的丈夫，感情真挚，情思委婉忧伤，其语言清新自然，和谐流畅。

《燕歌行》是现存我国古代最早的完整的七言诗，它为七言诗的进一步发展开辟了道路，在诗歌史上占据重要地位。

曹丕的很多诗歌兼容汉代乐府民歌和汉代文人诗的特点，在艺术上有新的创作。他的诗歌抒情婉约细微，诗歌语言，有民歌的质朴，也有文人的华丽。

曹植，曹操第三子。曹植少时才华横溢，才思敏捷，曹操十分赏识这个儿子。但他恃才傲物，任性而为，不太检点自己的言行，最后失宠于曹操。曹丕称帝后，立即削弱曹植的势力。此后，曹植郁郁寡欢，终于在忧愤中死去。

曹植的诗、赋、散文均突出，尤以诗歌成就为最高。曹植的诗以哥哥曹丕称帝为界，可分为前后两期，前期诗作洋溢着追求政治理想、向往建功立业的进取精神。

曹植的后期诗作中充满着悲愤抑郁的气氛，最能代表这个时期的诗作是《赠白马王彪》。全诗分为7章，抒情中穿插叙事、写景，或直抒胸臆，或比兴烘托，并借用章章蝉联的顶针修辞手法，淋漓尽致地抒发了诗人复杂曲折的思想感情。

曹植的诗歌创作在艺术上取得了很高的成就。他注意文人文学与民间乐府的结合，使诗歌艺术取得了极大的飞跃。

曹植是我国古代文学史上第一个大力写作五言诗的人，他的创作推动了五言诗的发展。他的五言诗抒情成分增多，诗中有鲜明的个性和抒情性。

曹植还加强了五言诗的文采，在保持民歌朴素自然的基础上，又讲究词采和对仗，注意炼字和声色，表现出语言洗练、词采华美的特色；曹植的五言诗讲究写作技巧，结构大都较为精致，很少平铺直叙，特别是开头，多以警句开始，具有引领全篇的作用。

在建安七子孔融、王粲、徐干、陈琳、应玚、刘桢中，王粲取得的成就最高。

王粲，山阳高平人。王粲的诗感情深沉，慷慨悲壮，其《七哀诗》3首最能代表其诗歌风貌，第一首中的"出门无所见，白骨蔽平原"一句，颇能反映当时社会动乱的真实面貌。

刘桢，东平宁阳人。他的诗刚劲挺拔，注重气势，不事雕饰，代表作是《赠从弟》3首，这3首诗分别用松树、凤凰比喻坚贞高洁的人格，既是对他从弟的赞美，也是诗人的自我写照。

徐干，山东潍坊人。他的代表诗作有《室思》6首，大多写闺怨之情，情致委婉。

陈琳，江苏扬州人。他的乐府诗《饮马长城窟行》，假托秦代筑长城之事，描写繁重的徭役给广大民众带来的痛苦和灾难。

蔡琰，是著名作家和学者蔡邕的女儿，蔡琰博学多才，精通音律，代表作为骚体《悲愤诗》。这首诗长达540字，通过诗人自身遭遇，较广泛而深刻地反映了当时的社会现实。这首诗深受汉代乐府叙事诗的影响，在现实主义诗歌发展史上占有重要地位。

拓展阅读

煮豆燃豆萁，豆在釜中泣。本是同根生，相煎何太急。这首《七步诗》据说是曹植所作。这首诗用同根而生的萁和豆来比喻同父共母的兄弟，用萁煎其豆来比喻同胞骨肉的哥哥残害弟弟，生动形象、深入浅出地反映了封建统治阶级内部的残酷斗争和诗人自身艰难的处境，以及沉郁愤激的感情。

曹植才华出众，受到曹操的疼爱，因此受到哥哥曹丕的嫉妒。曹操死后，曹丕继承当上了魏王，后当了皇帝。曹丕担心曹植对自己的地位将有威胁，所以便以在曹操亡故时没来看望为由，要杀曹植。在母亲开口求情下，曹丕勉强给了曹植一个机会，让他在七步之内脱口一首诗，否则便杀掉他。曹植情急之下就作了这首著名的七步诗。

正始诗人和太康诗人的成就

正始是三国时期曹魏的君主魏齐王曹芳的第一个年号，共计10年。这个时期，政局混乱，整个社会处在黑暗恐怖的状态之中。

建安诗歌那种直面现实，反映社会动乱，抒发统一理想的内容，以及那种昂扬奋发，积极进取的精神，已经消失不见。代替它的是人们对生存的忧患和对人生祸福的忧叹，诗风变得寄托遥深。

正始诗人的代表是"竹林七贤"中的阮籍和嵇康。阮籍，是"建安七子"之一阮瑀的儿子，也是"竹林七贤"中的代表作家，曾做过步兵校尉，故世称"阮步兵"。

阮籍早年有济世救民的志向，但是他又没有能力改变现状，始终在政治斗争的漩涡里应付、挣扎。内心的煎熬无时无刻不在折磨着他。他的处境和痛苦是当时大多数文人名士所共有的，在当时社会具有广泛的意义。正由于这种特色的状况，阮籍写的诗篇隐晦难明，很少直说。《咏怀诗》82首是他的代表作。这些诗的思想内容比较复杂，其中最突出的是表现诗人内心的孤独和苦闷。

阮籍是建安以来第一个全力创作五言诗的人，《咏怀诗》是把82首五言诗连在一起，编成一部庞大的组诗，在五言诗的发展史上奠定了基础，开创了新的境界，做出了巨大的贡献。

《咏怀诗》中的第一首《夜中不能寐》，从"夜"字领起，写出一个使人苦闷惆怅的夜，一个令人难以成眠的夜，在夜境的悲凉气氛中，展现一位"忧思独伤心"的诗人形象。

全诗蕴藉含蓄，使人在无意之中受到感染。在这组著名的诗篇中，阮籍多用比兴寄托和象征手法来抒情言志，或借凤凰折翅来比喻自己所处的困境，或借佳人难近比喻理想渺茫，或借芳草花木凋零比喻世事反复无常。

全组诗篇从自然到人事，都充满着浓烈的苦闷，由于其使用了非常丰富的比兴手段，因此形成了一种曲折隐晦的艺术风格，开拓了一条写作政治抒情诗的道路，在诗歌史上独树一帜。

嵇康，官至中散大夫，世称"嵇中散"。他性格倨傲狂放，公开反对司马氏集团，与之决裂。他的这种性格最终给他引来了杀身之祸。他的诗现存50余首。有四言、五言、七言、杂言，其中四言诗直抒胸臆，表现其追求自然之乐趣，成就较高。

嵇康的诗以表现追求自然、厌弃功名富贵的人生观为主要内容。

其中《赠秀才人军》18首和《幽愤诗》成就最高。《赠秀才人军》其中第九首，想象其兄嵇喜入军后的英姿和气概，第十四首写他弋钓自娱、游目弹琴、体会玄理的高超心境。《幽愤诗》自述平生的遭遇和理想抱负，对自己无辜受冤表示极大的愤慨。

正始诗人多崇尚老庄，提倡玄风，重自然，因此诗歌给人一种返璞归真的古朴感，至西晋太康年间，这种古朴却被繁缛所替代了。

太康是西晋晋武帝司马炎的年号，西晋统一后，社会相对稳定，经济也有较大发展。从太康时期至永嘉时期的20多年中，文学创作比较活跃，出现了一大批诗人，代表人物有"三张"、"二陆"、"二潘"、"一左"。

"三张"，即张载、张协、张亢；"二陆"，指陆机、陆云；"二潘"指潘岳、潘尼；"一左"指左思。除左思外，其他人的创作都表现出共同的时代倾向，即多模拟而少创造，重视艺术形式而轻思想内容，被称为"太康体"。

太康诗人多以才华自负，相对悠游的生活又使得他们得以专注于诗艺的琢磨，因此太康诗风总体体现为华辞丽藻，铺写繁复，多骈偶句式的繁缛。太康诗以陆机、潘岳最有代表性，但只有左思喊出了寒士的心声，诗风独树一帜。

陆机，吴国名臣陆逊之后，太康时期和弟弟陆云到京都洛阳，受到宰相诗人张华的赞赏。

陆机的诗歌涉猎广泛，而内涵相对贫乏。诗歌句式力求排偶，词语力求华丽，描绘力求详细，节律力求和谐。但过分雕琢，就失去了自然的面目。不过，他将自己的生活体验写入诗中，也产生了相对生动有力的作品。

潘岳，荥阳中牟人。他的文风与陆机接近，但文采不如陆机。潘岳从小就很聪明，在乡里非常有名气，号称"奇童"。

潘岳诗文辞艳丽，悼亡诗写得最好。现存诗18首，《悼亡诗》3首最受人称道。诗歌作于他妻子逝世一周年之际。第一首写他离家之前的心情，感叹时光匆匆流逝；接着写出他去留两难，不知所措的悲哀；最后写徘徊空房，倍感伤心。

整首诗歌都在写他的忧思难忘，真实地表达了潘岳对亡妻的怀念。从那以后，"悼亡"成为这类诗歌的特别名称，对后世产生了很大的影响。

左思是西晋最有成就的诗人，他长得很丑，又有口吃，在重门第和容貌的魏晋时期自然壮志难酬。左思的文辞壮丽，不同凡响。

左思的《咏史》8首，继承"建安风骨"的传统，借古喻今，表达了他对世族门阀制度的不满和自己壮志难酬的苦闷，被称为"左思风力"。他的这些借古人古事，抒发自己情怀的诗作，形成了一种专门的表现方式，后人仿作者很多，这样，"咏史诗"就成为后世诗歌中的一大类别。

拓展阅读

由于看不惯统治阶级的丑恶嘴脸，但又由于生存发展的需要，阮籍始终采取一种跟统治阶级不即不离的态度。他避祸的方式是酣饮和放浪形骸。阮籍的放达形象常被视为魏晋风度的化身，他曾创造过一醉60天不醒的醉酒记录，然而他的神志却始终是清醒的。

正始时期，由于阮籍的影响，阮氏家族以清谈闻名。阮籍之侄阮咸因放达也被列入竹林七贤，阮籍的儿子阮浑也想效仿，却遭到了阮籍的反对。

他之所以阻止儿子放浪纵恣，是因为他担心儿子只知其表不解其里，自己的猖狂中蕴含着老庄玄学的思想积淀，埋藏着愁肠百转的世事忧苦，其精神实质是难以效仿的。险恶的现实迫使他不得不将灵与肉分开，形醉而神不醉。

陶渊明开辟田园诗新天地

东晋时期，诗歌没有大的发展，士大夫崇尚玄谈清言，这使得玄言诗风笼罩诗坛，孙绰、许询是玄言诗人的代表，只有陶渊明开辟了田园诗新路，成为诗坛大家。

陶渊明，浔阳柴桑人。曾祖陶侃是东晋时期的名臣，自幼丧父，家境渐衰。陶渊明青年时代在家读书，博学儒道释经典，还阅读了不少神话、小说一类的"异书"。

29岁时因生计问题，任江州参军，不久归隐而去。以后因生计所迫，陆续做过一些地位不高的官，过着时隐时仕的生活。

405年，陶渊明41岁时再次出任彭泽县令，仅在位80余天，不愿以"为五斗米折腰"弃官，从此告别官场，过起隐居躬耕的生活。

陶渊明是整个魏晋南北朝时期最杰出的文学家，在文学的诸领域都有很高的成就，其诗歌对后代影响最大，尤其是他的代表性诗作"田园诗"更是影响深远。陶渊明一生写下了不少"田园诗"，这些"田园诗"是他人生理想的写照。

陶渊明的田园诗多写恬美静穆的田园风光，抒发自己悠然自得的心情和对田园生活的感受。《归园田居》五首是诗人田园诗的代表作之一，组诗中"少无适俗韵"一首，抒发了诗人辞官归隐后的喜悦心情，表现了他对恬静美好的农村生活和逍遥自在的隐居生活的热切追求。

诗中写有榆柳桃李掩映下的院落、草屋，傍晚时影影绰绰的村落，袅袅升起的炊烟，桑树上的鸡鸣，造景设色虽是平凡，却展示了一幅静谧、纯朴的田园景色。

《饮酒·结庐在人境》一诗，写他"采菊东篱下，悠然见南山"的悠然自在的隐居生活；《移居·春秋多佳日》一诗写他农务之暇，与朋友诗酒流连的快乐；《读山海经·孟夏草木长》一诗，写他农事之余泛览图书的乐趣。

孟夏草木长，绕屋树扶疏。

众鸟欣有托，吾亦爱吾庐。

既耕亦已种，时还读我书。

穷巷隔深辙，颇回故人车。

欢然酌春酒，摘我园中蔬。

微雨从东来，好风与之俱。

泛览周王传，流观山海图。

俯仰终宇宙，不乐复何如！

除了描写恬美静穆的田园风光的田园诗，陶渊明还有描写劳动艰辛以及自己的困苦和农村凋敝的田园诗，这类田园诗更具有写实性。

陶渊明田园诗在艺术上具有独特的风格，这种风格最突出的表现是：平淡、自然。陶渊明能够用朴素的语言，写出极其平常的生活情

景，创造出一种独特的诗的意境。

陶渊明的田园诗语言如农家口语，但塑造出来的艺术形象却生动鲜明。宋代大词人苏轼写道：

渊明诗初视若散缓，熟读有奇趣。如

曰：'暧暧远人村，依依墟里烟。狗吠深巷中，鸡鸣桑树颠。'又曰：'采菊东篱下，悠然见南山。'大率才高意远，则所寓得奇妙，遂能如此，如大匠运斤，无斧凿痕，不知者则疲精力，至死不悟。

陶渊明田园诗的意象非常美，诗人在意象的选择上非常精心，他多选择原始朴素的意象，而排斥文人意象。多选择具有超然、安静、稳定、能给人温暖感的美好意象。

在陶渊明生活的东晋时期，诗歌追求华美，注重修饰。可陶渊明却蹊径独辟，抒写出平淡自然、意味隽永的诗篇，如奇峰突起，开创了新的艺术境界。南宋时期人曾纮写道：

余尝评陶公诗，语造平淡而寓意深远，外若枯槁而中实敷腴真诗人之冠冕也。

陶渊明的田园诗打破了玄言诗的沉闷统治，为诗歌的创作开辟了一个新的天地，使"田园诗"成为我国古典诗歌中一个重要的流派，对后世田园诗的发展功不可没。除了田园诗，陶渊明的饮酒诗和咏怀诗也较有成就，陶渊明是我国文学史上第一个大量写饮酒诗的诗人。他的《饮酒》20首以"醉人"的语态或指责是非颠倒的上流社会；或揭露世俗的腐朽黑暗；或反映仕途的险恶。

陶渊明的咏怀诗以《杂诗》12首、《读〈山海经〉》13首为代表。《杂诗》12首多表现了陶渊明归隐后有志难酬的政治苦闷，抒发了自己不与世俗同流合污的高洁人格。

《读〈山海经〉》13首借吟咏《山海经》中的奇异事物表达了与《杂诗》12首同样的内容，如第十首借歌颂精卫、刑天的"猛志固常在"来抒发和表明自己济世志向永不熄灭。

拓展阅读

在我国，很早就有田园描写的诗歌。如，我国第一部诗歌总集《诗经》中关于田园风光的描写，还有《楚辞》中对山水也有所描绘。

但是这些并不是真正的田园诗，它们只是作为抒情主人公活动的背景或比兴的媒介，不过这些对于田园山水风景描写的诗词，为田园诗的发展开创了先河，为其发展奠定了基础。

田园诗虽然与山水诗并称，但是它们并不是两类相同题材。田园诗重在写农村风土人情，而山水诗重在写自然山水。

我国田园诗真正起源于陶渊明，陶渊明的田园诗在我国文学史上第一次写出了农耕的甘苦和农村风景，为我国文学增添了新的题材。

演变中求发展的南北朝诗歌

晋宋交接时的南朝，诗歌发展经历了一个新的转折，那就是玄言诗逐渐退却，而山水诗大放光彩。我国的诗歌很早就有描写山水景物的句子。最早的诗歌总集《诗经》中，已有简略的自然景物描写，甚至有一些情景交融的画面。

《楚辞》中的自然山水描写，要比《诗经》具体、生动、细致，笔墨也多了一些，显示出作者较高的审美能力和较丰富的艺术想象力。东晋时期的玄言诗，山水的审美意识逐渐增强，还出现了不少描写自然山水景物的佳句。

但总的来看，那时山水景物描写的分量在全诗中还只占少数，它只是诗人借以引发、陪衬、烘托、渲染诗人思想感情的片断。直至谢灵运时。诗歌中才以山水作为主要描写对象，完成了从玄言诗到山水诗的题材转变。

谢灵运，出生于会稽始宁。他出身于东晋时期最显赫的世族家庭，年轻时就袭封康乐公，世称"谢康乐"。

谢灵运倾注全力刻画山水胜景，使山水成为独立的审美对象，由此扭转了当时的玄言诗风，开创了文学史上的山水诗派。代表作如《登池上楼》、《石壁精舍还湖中作》等诗，最能体现他诗歌特色。

这个时期比较有名的诗人还有颜延之、鲍照、谢惠连、谢庄、汤慧休等，其中以鲍照诗成就最大。

鲍照，江苏涟水人。出身寒门，曾任临海刘子顼的参军，史称"鲍参军"。他虽然出身寒微，却自视甚高，以为凭借自己超人的才华而功名富贵唾手可得，可事实并非他想象的那么简单。

他在人生目标未实现之际，往往在他的诗中涌出感愤不平之辞。在他的代表作《拟行路难》18首中，可感受到其感情的冲动、激荡与紧张。《对案不能食》一诗，就表现了一个才高气盛、自尊心极强的诗人面对不公平的现实激愤异常，苦闷有加。

鲍照尤其擅长七言歌行，还在诗中杂以各种句式，写了不少杂言式七言歌行，对七言诗的发展有重大贡献。

南齐永明年间，周颙著《四声切韵》，讨论汉字的平、上、去、入4种声调。诗人沈约更将四声运用到诗歌的声律上去，要求诗歌平仄押韵、音韵和谐、对仗工整、辞采华丽，提出"四声八病"之说，形成了一种新诗体，号称"永明体"，也称"新体诗"。

"永明体"诗人最有名气的是沈约和谢朓。

沈约，吴兴武康人，历宋齐梁时期，官至尚书令。沈约一些描写山水景物的诗和友人之情的诗，辞采清丽，感情真挚。

谢朓，谢灵运的同族晚辈，人称"小谢"。他与谢灵运同以善于写山水景物见长，但他们两人的写作方法不同。谢朓更多地对自然景物作出选择、提炼并重新加以安排，显得更加完美。

谢朓的山水诗既吸收了谢灵运那种细腻，又能融情入景，从而既摆脱了谢灵运堆砌雕琢，又摆脱了玄言诗的枯燥，形成一种清新流利的风格，对后世影响很大，代表作为《晚登三山还望京邑》。

与南朝相比，北朝文化显得十分冷落，只有庾信兼南北之长，显现出大家风范。他的诗歌对仗工整，情辞兼备，初步融合了南北诗风，既有南朝时期的华丽精巧，又有北朝时期的雄浑刚健，开拓了诗歌的审美意境。

拓展阅读

东晋时期，江南的农业已经有了较大的发展，士族地主的物质生活也比过去更加优裕了，越来越多的园林别墅建造起来，士族文人们在优裕的物质条件和瑰丽的江南山水中，过着清谈无为和登临山水的悠闲生活。

在这些人的诗赋中，常常出现一些赞美江南山水的名言隽语，借以发挥老庄自然哲学的思想。由于受到这种风气的影响，当时流行的玄言诗里也开始出现一些山水诗句，作为玄学名理的印证或点缀。

唐代

　　唐代是我国古典诗歌的黄金时代，代表了古代文学的最高成就。唐代诗歌不仅数量超出以前各代诗歌总和的两三倍以上，而且质量极高，题材也极为丰富，诗体大备，名家辈出。

　　唐诗成就卓著，是在唐代政治、经济进一步发展、变革的历史条件下，在社会思想比较开放，艺术文化普遍高涨的推动下，诗人们继承和发扬《诗经》、《楚辞》以来的优良传统，广泛总结前人的创作经验，百花齐放、推陈出新的结果。

　　显示出我国古典诗歌已发展到完全成熟的阶段。唐诗的发展大致经历了初唐、盛唐、中唐、晚唐等4个阶段。

山水田园诗派和边塞诗派

713年进入了盛唐时期，在这一时期，继陶渊明、谢灵运之后，山水田园诗又一次兴起与发展起来。这些诗歌或描写雄壮广阔的山水胜境，或反映清幽恬静的田园生活情趣，充分展示了山水田园诗的魅力。这一派诗人中最著名的是孟浩然和王维，故又称"王孟诗派"。

孟浩然，长期居家生活，并曾一度隐居于家乡附近的鹿门山。孟浩然终身不仕，一生有很浓的隐逸色彩。

孟浩然在盛唐诗人中年辈最高，他最早摆脱初唐狭隘的诗境，是一个大力创作山水田园诗的诗人。在他的诗里，既成功地描绘出一系列幽雅恬静的环境，也塑造了一个生活在其间的高洁之士的形象。

孟浩然的代表作《过故人庄》一诗用通俗的语言描写了朴质无华的田园、生活，非常切近生活。

《宿建德江》改变了传统山水诗景象罗列的板滞的弊病，以情兴为主，选取典型性的物象，并采用侧面对比或烘托的手法，化密实为清空，形成了清旷疏淡的独特意境。

孟浩然的诗歌将传统田园和山水题材加以融合，以清旷的意象组合，明净冲淡的语言，对盛唐田园山水诗作出了独特贡献。

王维，年少聪慧，17岁写下的"每逢佳节倍思亲"一句，广为流传。他不仅诗才早慧，而且能书善画，精通音律。20岁时中进士，开始进入官场，但他不热心做官，走上了一条半官半隐的道路，写下了大量的山水田园诗。

王维的诗歌创作，以37岁为界分为前后两期。前期作品酣畅豪放，乐观进取，创作中表现了积极向上的时代精神和生活态度，多作边塞游侠诗和幽愤诗，如《老将行》、《使至塞上》、《观猎》等。这些诗笔力雄健，情调激昂，风格豪放，体现了一种阳刚之美。

王维后期以创作山水田园诗为主。山水田园诗，在他的笔下，写出了一种宁静恬适的境界。《渭川田家》写野老牧童、牛羊雉蚕、麦苗桑叶，也把田园生活写得宁静、和谐而温馨。写道：

> 斜阳照墟落，穷巷牛羊归。
> 野老念牧童，倚杖候荆扉。
> 雉雊麦苗秀，蚕眠桑叶稀。
> 田夫荷锄至，相见语依依。

王维的诗歌最主要的是特色诗中有画，他善于在诗中营造画意，从而使诗歌具有仿佛诉诸视觉上的鲜明形象。其次，王维的诗歌意境清幽而富于生机。

　　除孟浩然、王维外，山水田园诗人中，还有储光羲、常建、祖咏等。这些人的山水田园诗的风格和孟浩然、王维的山水田园诗风格比较接近。

　　唐王朝重视边功，很多文人都把立功边塞当做求取功名的新出路，有些诗人还有从军入伍或边塞漫游的经历。他们将所见、所感、所思表现于诗歌，这样就刺激了边塞诗的发展，并使边塞诗创作达到高潮。

　　盛唐时期的边塞诗以边塞战争为主要题材，但也不局限于此。边塞的奇异风情，军中的苦乐悬殊，诗人建功立业的愿望和慷慨不平的意气，甚至一些送人出塞的诗歌也都有所体现。

边塞诗景象开阔，气势宏伟，情调悲壮，神情激越，大多采用七言歌行和七言绝句的形式。这一派诗人中最著名的是高适和岑参，故又称"高岑诗派"。

高适，早年生活困顿，喜欢交游，为人不拘小节，颇有游侠之风。48岁时经人推荐，出任封丘尉，不久弃官而去。后来投在河西节度使哥舒翰的幕下，做记事参军。

高适的一些诗作反映了民生疾苦，如《东平路遇大水》；有些诗篇感叹个人不遇，如《宋中遇陈二》，还有一些送别应酬诗，如《别董大》等。

高适最有名的诗作是边塞诗，或反映征人思妇的感情，或描写边塞生活风貌、战斗场面，或抒发报国壮怀。最有名的边塞诗作是《燕歌行》，诗人把慷慨应征、转战绝域，以至久战不归、两地相思、军中苦乐不均和荒凉的塞外风景，一一写入诗中。

山川萧条极边土，胡骑凭陵杂风雨。
战士军前半死生，美人帐下犹歌舞。

　　高适在这首七言歌行里，融进了许多律句，讲究对偶，使音节更和谐、更上口，在歌行体中别具特色。

　　高适的诗无论是描绘边塞风光还是民俗风情，都是为了表达自己沉重的忧国忧民之情，抒发报效国家的豪情壮志。他以政治家、军事家的胆识气魄，深刻地揭示边防政策的弊端，陈述自己对战争的见解，带着明显的政论色彩。

　　岑参，出身官宦之家，幼年丧父，他奋发有为，读书上进，擅长诗文。30岁考中进士，曾出任安西北庭节度判官，后又任嘉州刺史。

岑参两度出塞，对边塞生活十分熟悉。因此他的诗能真实、生动地描写奇丽的边塞风光和激烈的战斗场面，深刻地表现了他的爱国主义情怀。他满怀激情地歌唱了西北边塞雄奇瑰丽的自然风光和新鲜奇异的边塞风物。如漫天飘舞的飞雪，突兀炎热的火山，神异奇特的热海水，千姿百态的火山云，以及婀娜多姿的民族舞蹈，秀色媚景的天山奇花等，内容丰富。

岑参边塞诗中最有名的杰作是《走马川行奉送出师西征》、《轮台歌奉送封大夫出师西征》、《白雪歌送武判官归京》。《白雪歌送武判官归京》一诗在描写冰天雪地的同时，也写出了炽热的送别友情。

……

瀚海阑干百丈冰，愁云惨淡万里凝。

中军置酒饮归客，胡琴琵琶与羌笛。

纷纷暮雪下辕门，风掣红旗冻不翻。

轮台东门送君去，去时雪满天山路。

山回路转不见君，雪上空留马行处。

岑参的诗富于幻想，善于夸张，如《走马川行奉送出师西征》中的"轮台九月风夜吼，一川碎石大如斗，随风满地石乱走"；《热海行送崔侍御还京》中的"侧闻阴山胡儿语，西头热海水如煮。海上众鸟不敢飞，中有鲤鱼长且肥。"等无不写得新奇出色。

除高适、岑参外，王昌龄、李颀及王之涣等人的边塞诗也写得很有特色。王昌龄的边塞诗以七言绝句的形式来表现，边塞诗的代表作主要有《从军行》7首和《出塞》两首。李颀擅长七言歌行，代表作有《古从军行》、《古意》、《古塞下曲》。

拓展阅读

边塞诗的起源可以追溯至春秋时期。《诗经》中《东山》、《无衣》等篇章，被看做是边塞诗的最早萌芽。此外，还有《九歌》中的《国殇》等，都是早期这类题材的作品。

《九歌》是屈原的作品。《国殇》是《九歌》中唯一一篇关于祭祀在边疆保卫国土战死将士的祭歌，也是我国最早、最著名的一篇歌颂爱国主义和牺牲精神的光辉诗篇。

李白铸就浪漫主义诗歌高峰

李白，四岁时随父亲迁居四川剑南道绵州昌隆的青莲乡，因此自号青莲居士。

据说，李白的父亲可能是位较为成功的商人，因此，家境颇为富裕。据说李白周岁抓周时，抓了一本诗经。他父亲很高兴，认为儿子长大后可能成为有名的诗人，就想为李白取一个好名字，以免后人笑自己没有学问。

由于他对儿子起名慎重，越慎重就越想不出来。直至儿子7岁，还没想好合适的名字。

那年春天，李白的父亲对妻儿说："我想写一首春日绝句，只写两句，你母子一人给我添一句，凑合凑合。一句是'春风送暖百花开'，一句是'迎春绽金它先来'。"

母亲想了好一阵子，说："火烧杏林红霞落。"

李白等母亲说罢，不假思索地向院中盛开的李树一指，脱口说道："李花怒放一树白。"

父亲一听，拍手叫好，果
然儿子有诗才。他越念心里越
喜欢，念着念着，忽然心想这
句诗的开头一字不正是自家的
姓吗？这最后一个白字用得真
好，正说出一树李花圣洁如
雪。于是，李白的名字便得来
了。

李白的青少年时期在四川
度过，他自幼涉猎的学问很广
泛，爱好也多种多样。他既攻
读儒学，练习剑术，又学习神
仙方术，交接道士。

24岁时，李白"仗剑去国，辞亲远游"，他沿江而下，漫游了湖
北、河南、山东、安徽、江苏、浙江等地，走了大半个中国，却未受
到朝廷的重视，不得不扫兴而回。

42岁时，经道士吴筠的推荐，唐玄宗下诏召李白去长安，任命他
做供奉翰林。李白欣喜若狂，以为发挥政治才华的机会到了，临去长
安前，他在一首诗中这样写道："仰天大笑出门去。我辈岂是蓬蒿
人。"豪迈和喜悦之情可谓溢于言表。

李白来到长安后，得到了唐玄宗的隆重接待。唐玄宗赏识李白的
文学才华，让他写诗点缀大唐王朝的盛世景象，而没有给他在政治上
显露才华的机会。因此，李白大失所望，心情陷入苦闷之中，每天与
人喝酒解闷。

　　李白是个桀骜不驯、清高自傲的人，由于他蔑视权贵，很快就蒙受权贵的谗言，李白愤然离开长安。不久，李白在洛阳认识了诗人杜甫，两人结下了终生不渝的友谊。

　　后来，李白受永王李璘的牵连入狱，经人搭救，死罪免去，被流放夜郎，走到巫山一带时，正好赶上朝廷大赦，得以获释。此后，李白一直漂泊在江南一带。

　　李白生活在唐代极盛时期，他创作了大量的诗篇，既反映了那个时代的繁荣气象，也揭露和批判了统治集团的荒淫和腐败，表现出蔑视权贵，反抗传统束缚，追求自由和理想的积极精神。

　　李白继承了陈子昂诗歌革新的主张，在理论和实践上使诗歌革新取得了最后的成功。他在《古风》第一首中，回顾了整个诗歌发展的历史，指出

"自从建安来，绮丽不足珍"。并以自豪的精神肯定了唐诗力挽颓风，恢复风雅传统的正确道路。

在《古风》第三十五首中，李白又批评了当时残余的讲求模拟雕琢、忽视思想内容的形式主义诗风："一曲斐然子，雕虫丧天真。"

在创作实践上，李白和陈子昂有着相似之处，多写古体，少写律诗。但李白在学习乐府民歌以及大力开拓七言诗上，成就却远远超过陈子昂。他的这些努力对诗歌革新任务的完成起了巨大作用。

唐文学家李阳冰在李白死后为他编的诗集《草堂集》序中

说："卢黄门云：'陈拾遗横制颓波，天下质文，翕然一变。'至今朝诗体，尚有梁陈宫掖之风，至公大变，扫地以尽。"这是对李白革新诗歌功绩的正确评价。

李白的诗内容十分丰富。一些诗表现他怀抱为国建功立业的政治理想以及关心祖国命运和前途的情感。他的《古风·西上莲花山》一诗，用游仙体，结尾处还是从幻想回到现实，对叛军的残暴表示愤怒，对民众的苦难寄予同情。

李白的一些诗充分表达了他酷爱自由的追求和蔑视利禄、鄙弃富贵的思想，他在《梦游天姥吟留别》发出"安能摧眉折腰事权贵，使我不得开心颜"的感叹。

李白的一些诗抒写了对友人的真挚情谊和对民众的亲切感情，如《赠汪伦》诗："桃花潭水深千尺，不及汪伦送我情"。友人之间深厚的感情喷薄而出。

李白还创作了大量的描写自然风景的诗作。李白堪称是中国诗人中的游侠，他用他的双脚和诗笔丰富了大唐的山水。他的大笔横扫，狂飙突进，于是，洞庭烟波、赤壁风云、蜀道猿啼、浩荡江河，全都一下子飞扬起来。

在诗中，诗人灵动飞扬，豪气纵横，像天上的云气；他神游物外，自由驰骋，像原野上的奔驰的骏马。在诗里，诗人一扫世俗的尘埃，完全恢复了他仙人的姿态，他的豪气义气，他的漂泊，全都达于极端。

李白的描写自然风景的诗常将自己丰富的情感寄托在写景中，如《望庐山瀑布》一诗：

日照香炉生紫烟，

遥看瀑布挂前川，

飞流直下三千尺，

疑是银河落九天"

全诗融情于景。庐山瀑布"飞流直下"的气势，洋溢着诗人昂扬激进的思想，蕴含着他对祖国锦绣山河的深切感情。

李白的诗充满了浓郁的浪漫主义色彩，他的诗歌，不仅具有最强烈的浪漫主义精神，而且还创造性地运用了一切浪漫主义的手法，使内容和形式得到高度的统一。

李白炽热的热爱祖国的感情，强烈的追求自由的个性，在表现各种生活的诗篇中都打下了不可磨灭的烙印，处处留下浓厚的自我表现的主观色彩。

李白在感情的表达上不是掩抑收敛，而是喷薄而出，一泻千里，当平常的语言不足以表达其激情时，就用大胆的夸张，当现实生活中的事物不足以形容、比喻、象征其思想愿望时，就借助非现实的神话和种种奇丽惊人的幻想。

与喷发式感情表达方式相结合，李白诗歌的想象变幻莫测，往往发想无端，奇之又奇。他的奇特的想象，常有异乎寻常的衔接，随情思流动而变化万端。

李白的诗一个想象与紧接着的另一个想象之间，跳跃极大，意象的衔接组合也是大跨度的，离奇惝恍，纵横变幻，极尽才思敏捷之所能。

李白的诗，想象、比喻、夸张往往综合运用，如"燕山雪花大如席"、"白发三千丈，缘愁似个长"等，此外，李白还善于使用拟人手法，使大自然具有人的性情，为抒发感情服务。

李白的诗歌除具有浪漫主义的特色外，还具有语言明白自然，不见苦吟推敲痕迹。还有，李白喜欢用具有明丽色彩的词语，如清、明、白、碧、金等。

李白对月亮有着特殊的感情，月光和月亮对于李白来说是一种皎洁透明的象征，体现了他对光辉明亮事物的憧憬和追求。

李白的诗歌，继承了前代浪漫主义创作的成就，以他叛逆的思想，豪放的风格，反映了盛唐时代乐观向上的创造精神以及不满封建秩序的潜在力量。

李白的诗歌不仅扩大了浪漫主义的表现领域，丰富了浪漫主义的手法，并在一定程度上体现了浪漫主义和现实主义的结合。这些成就，使他的诗歌成为屈原以后浪漫主义诗歌的新的高峰。

拓展阅读

李白蔑视权贵、反权贵的思想意识，是随着他的生活实践的丰富而日益自觉和成熟起来的。在早期，李白的这种思想主要表现为"不屈己、不干人"、"平交王侯"的平等要求。

随着对统治阶级高官实际情况的了解，李白进一步揭示了布衣和权贵的对立。他在《古风》中写道："珠玉买歌笑，糟糠养贤才。"、"梧桐巢燕雀，枳棘栖鸳鸯。"而在《梦游天姥吟留别》中，他发出了最响亮的呼声："安能摧眉折腰事权贵，使我不得开心颜！"这个艺术概括在李白诗歌中的意义，正如同杜甫的名句"朱门酒肉臭，路有冻死骨"在杜甫诗中一样重要。

杜甫铸就现实主义诗歌高峰

　　杜甫，出生在一个有悠久传统的官僚世家。他的祖父杜审言是初唐著名诗人，对杜甫的成长影响很大。他的父亲杜闲做过兖州司马、奉天县令。杜甫接受的家庭教育是正统的儒家教育。

　　杜甫7岁能诗，十四五岁出入文场，并小有声名。20岁以后的10多年中，他基本过着漫游的生活，曾到过吴、越一带，又游至齐、赵之间。其间，24岁时首次参加进士考试，却名落孙山。

　　35岁时，杜甫来到唐都城长安，第二年又一次参加了进士考试，又一次名落孙山。起初，他对求取功名满怀信心，以为成功指日可待，但滞留长安10年却接连碰壁，生活陷入困顿。

万般无奈之下，杜甫求权贵引荐，最后只做得一个卑微的小官。后在唐肃宗时，任左拾遗。不久触怒肃宗，被贬斥。迫于生活的压力和对仕途的失望，他丢弃了所任的微职而进入蜀中求生存。

到达成都不久，依靠朋友严武的帮助，杜甫在城西建了一座草堂。在最初的两年多时间里，他的生活较为安逸。在朋友严武死后，杜甫彻底失去了生活上的依靠，他只好带着家人，登上一艘小船，过起流浪逃难的生活。

770年，59岁的杜甫，在湖南湘江的一艘小船上，凄凉地结束了艰难漂泊的一生。

杜甫的一生始终以儒家忠君忧民思想为主，不论穷困，还是发达，都以天下为念，这是他诗歌创作的基调。

杜甫生活在唐代由盛转衰的历史时期，他的诗作充分反映了当时社会矛盾和人民疾苦，被誉为"诗史"。杜甫诗歌把动荡的时代与个人遭遇合而为一，广泛而深刻地反映了历史事实和社会生活画面，具有巨大的现实意义。

杜甫诗歌内容丰富。青年时期的杜甫雄心勃勃，诗作多自述抱负、抒写理想之作。最成熟的代表作品大部分写于唐王朝急遽衰退的动乱期间，由战争造成的动乱景象、民生疾苦及其后社会凋敝的面貌，猛烈地撞击着诗人的心灵。

杜甫用血泪之笔，记录下一段民族的苦难历史，深刻地揭示了那个剧烈动荡时代的社会矛盾，忧国忧民的情怀是这部分诗歌的核心内容。

此外，杜甫还常常描摹风光景物，抒发日常生活的情思，以及咏怀历史遗迹，但也同样饱浸着对国家和人民的深挚感情。

《自京赴奉先县咏怀五百字》是反映社会真实情况的长篇史诗。诗中记述的自身遭遇和旅途中的所见所闻，皆与时代息息相关，"朱门酒肉臭，路有冻死骨"是当时尖锐的社会矛盾的最好概括。全诗集叙事、抒情、说理于一体，写得波澜浩瀚，极为壮观。

《石壕吏》、《新安吏》和《潼关吏》是杜甫描写社会现实的作品，被称为《三吏》。同样的题材作品还有《三别》，分别是《新婚别》、《无家别》和《垂老别》。

《石壕吏》通过作者亲眼所见的石壕吏乘夜捉人的故事，揭露封建统治者的残暴，反映了战争给广大人民带来的深重灾难，表达了诗人对劳动人民的深切同情。

这首诗在艺术上的一大特点是精炼，把抒情和议论寓于叙事之中，爱憎分明。场面和细节描写自然真实。善于裁剪，中心突出。诗风明白晓畅又悲壮沉郁，是现实主义文学的典范之作。

《新安吏》全诗可分两个层次。前12句记述了军队抓丁和骨肉分离的场面，揭示了安史之乱给人们带来的痛苦；后16句笔锋一转，对百姓进行开导和劝慰。全诗反映了作者对统治者尽快平息叛乱、实现王朝中兴的期望。

《潼关吏》借潼关吏之口描述潼关天险，表达了诗人对当初桃林一战溃败的遗憾，希望守关将士们一定要以史为鉴，好好利用潼关天险保卫长安的安全。

《新婚别》描写了一对新婚夫妻的离别，塑造了一个深明大义的少妇形象。诗中写道：

> 兔丝附蓬麻，引蔓故不长。
> 嫁女与征夫，不如弃路旁。
> 结发为君妻，席不暖君床。
> 暮婚晨告别，无乃太匆忙。
> 君行虽不远，守边赴河阳。
> 妾身未分明，何以拜姑嫜？
> 父母养我时，日夜令我藏。
> 生女有所归，鸡狗亦得将。
> 君今往死地，沉痛迫中肠。
> ……

全诗模拟新妇的口吻自诉怨情，写出了当时人们民面对战争的态度和复杂的心理，深刻地揭示了战争带给人们的巨大不幸。

《无家别》写了一个邺城败后还乡无家可归、重又被征的军人，通过他的遭遇反映出当时农村的凋敝荒芜以及人们的悲惨遭遇，对统治者的残暴、腐朽，进行了有力的鞭挞。全诗情景交融，感人至深。

《垂老别》通过描写一老翁暮年从军与老妻惜别的悲戚场景，不仅深刻地反映了安史之乱时期人们遭受的灾难与统治者的残酷，而且也忠实地表达了作者的爱国精神。全诗叙事抒情，立足生活，直入人心，剖析精微，准确传神地表现特定时代的生活真实。

杜甫诗歌的艺术成就是卓越的。现实主义精神贯穿于杜甫一生的创作实践。在诗作中，他把个人遭遇同时代的不幸、民众的苦难紧密联系起来，全面深刻地反映了所处历史时代的广阔的社会内容。

杜甫笔下的人物、事件乃至景物、风俗，无不体现出一定时代的特征，尤其表现当时重大的时事内容，闪耀着现实主义的光芒。

杜甫的诗形式多样，无论长篇短制，还是古风近体，皆运用自如，同时，还兼备众体，除五古、七古、五律、七律外，还有不少排律、拗体。

杜甫常常根据具体题材选择使用古体还是近体，一般说来，杜甫以叙事为主的诗歌常用伸缩性较强的五、七言古体长调，而以抒情为主的诗歌常用五、七言近体律诗。

杜甫的叙事诗叙事状物不同于传统叙事诗多概括性描写，而是善于以赋的手法作细节性的工笔细描。杜甫叙事诗中所铺陈的细节往往是生活的典型意象，能够高度浓缩和概况复杂的社会现象，揭示出其本质意义。

杜甫诗的语言讲究反复锤炼，力求达到"语不惊人死不休"的效果，因而，他的诗歌语言凝练概括，准确生动，耐人吟诵。他还常用人物独白和俗语来突出人物性格的个性化。在刻画人物时，特别善于抓住细节的描写。

杜甫还熟练掌握了语言声韵的运用。他常根据诗的内容和情绪，采用与之相适应的韵律，更大地发挥出诗的表现力和感染力。因此，杜甫的诗不仅具有形象的美，而且具有音乐的美。

杜甫诗歌最突出的风格是沉郁顿挫，他的诗意境壮阔，感情深沉，凝练警策。沉郁指情感的深沉悲慨，内蕴博大；顿挫指情感、结构的吞吐屈伸和音调节奏抑扬缓急的起伏迭变。每当杜甫痛心国事和人生遭遇时，这种风格便呈现笔端。

杜甫的诗具有浓郁的现实主义色彩，他上承《诗经》、汉魏乐府及初唐的现实主义传统，把现实主义诗歌推向新的高峰。

另外，杜甫还创作了大量的长篇叙事诗，将五言古诗从较短的篇幅发展为鸿篇巨制，还将七律写作推向精致成熟，在艺术技巧和表现方法上为后人提供了丰富的艺术借鉴，在诗歌史上具有继往开来的重要地位。

拓展阅读

杜甫和李白流传下来许多互相赠寄的诗歌，都充满了真诚的情谊。

杜甫时常挂念着李白的衣食住行，担心他被贬逐以后的安全。"江湖多风波，舟楫恐失坠。"、"水深波浪阔，无使蛟龙得。"这些诗句都表现了杜甫对李白遭诬受害的极大同情。

李白比杜甫年长11岁，但对杜甫非常敬重。他曾写下《沙丘城下寄杜甫》一诗，诗中写道："我来竟何事，高卧沙丘城。城边有古树，日夕连秋声。鲁酒不可醉，齐歌空复情。思君若汶水，浩荡寄南征。"表示对杜甫不在身边同游的遗憾。

宋代诗歌

　　宋代，诗坛没有了唐代那种恢弘开阔的大家气象，也较少充满青春气息的浪漫主义歌唱，更多的是采用现实主义的创作方法，痛切国事，沉郁悲愤。这与当时沉重的社会状况有着密切的关系。

　　宋诗比较喜欢用典，书卷气较浓，显得委曲精深；唐诗多以强烈的激情去感受现实生活，重视生活感受的直接抒发和描写，显得深厚博大。

　　南宋时期严羽在《沧浪诗话·诗辨》中这样评价宋诗："以文字为诗，以才学为诗，以议论为诗"，宋诗开出一条以思理取胜的诗歌新路，理胜于情。

北宋诗歌风貌的形成与发展

宋代初期诗坛，一度还沉浸在唐诗的辉煌里，学摹唐诗成为一种风尚，由此，出现了"白体"、"晚唐体"、"西昆体"3种宗唐诗风。

白体是宋代诗坛最早的诗歌流派。白体诗人，主要是指学习白居易的一批诗人，如王禹偁。王禹偁，字元之，山东人，曾出知黄州，世称"王黄州"。他的长篇诗歌大发议论，已开宋诗议论化的风气。

晚唐体是指专事模仿晚唐诗人贾岛、姚合的一批诗人的创作。"晚唐体"的诗人，以隐逸诗人林逋最为著名。林逋，大部分时间隐居在西湖孤山。他的

《山园小梅》是咏梅的名作。咏梅名句"疏影横斜水清浅，暗香浮动月黄昏"，诗情画意，耐人寻味。

西昆体指宋代真宗年间出现的学习李商隐的诗歌流派。西昆体因《西昆酬唱集》而得名，以杨亿、刘筠、钱惟演为代表，特别注重效法李商隐的诗风，华美而典丽，曾经风行一时。

这些诗歌流派过分注重学摹唐诗风格，没有得其真髓，因此，并没有形成气候，影响宋诗风貌形成的诗人是欧阳修。

欧阳修是北宋时期第一位在

诗、词、文和文学思想各方面都卓有成就的大家。欧阳修的诗歌深受李白和韩愈的影响，带有明显的散文化、议论化的特点，融议论、叙事、抒情为一体。

欧阳修的诗歌有反映现实的作品，但更多的作品表现个人的生活感受和经历，尤以贬谪期间所作诗篇成就最高。

欧阳修的诗歌常以散文手法和议论入诗，如他的《春日西湖寄谢法曹韵》中的"雪消门外千山绿，花发江边二月晴。"落寞中透出一派生机盎然，如此洒脱的情怀，与李白有着一脉相承的关系。

欧阳修的诗大多平铺直叙，语言浅显易懂，形成自然流畅的风格。

欧阳修喜欢在诗中发议论，并与抒情、记事结合起来，扩大了诗歌的表现内容，如《戏答元珍》一诗，情景意理水乳交融，既形象生动，又耐人寻味。

欧阳修的《明妃曲和王介甫作》、《再和明妃曲》，结构参差多变，议论也很深刻，秉承了韩愈以文为诗的传统，为宋诗昭示了新的景象，开创新调。

以欧阳修为主将，共同为宋诗发展开辟新路的还有梅尧臣、苏舜钦和王安石等人。

梅尧臣是一位勤奋写作的诗人，他追求平淡的风格，用他自己的话说就是"作诗无古今，唯造平淡难"。从他的《鲁山山行》和《东溪》诗歌可以看出其诗境平淡的特色。他的《田家语》、《汝坟贫女》等诗歌，和杜甫的《三吏》、《三别》风格相近。

苏舜钦与梅尧臣并提，称为"梅苏"。苏舜钦"状貌怪伟"，性格刚烈，一生壮志难酬，晚年自筑沧浪亭消闲解闷。他的诗常常显得表面豪放、充满激情，实则蕴含了难以排遣的无奈。他早年所写的《对酒》一诗，直白地抒发了个人不得志的愤懑。

王安石的诗歌大致可以分为两个时期。一是为官时期，主要写政治诗，如《河北民》、《收盐》等。他还写了大量的咏史诗。其中《明妃曲》两首最著名，在第一首中他一扫历代诗人写王昭君留恋君恩、怨而不怒的传统见解。

> 明妃初出汉宫时，泪湿春风鬓脚垂。
> 低徊顾影无颜色，尚得君王不自持。
> 归来却怪丹青手，入眼平生几曾有？
> 意态由来画不成，当时枉杀毛延寿。
> 一去心知更不归，可怜著尽汉宫衣；
> ……

　　诗人先勾画出王昭君古今艳传的绝代佳人形象，写出她独去异域、怀念故国的凄苦无靠的心情，叙写的同时也流露了诗人怀才不遇的心情。

　　王安石后期成就最高的诗作是在罢相以后写的抒情写景的小诗，人称"王荆公体"。这些小诗新颖别致，炼字炼句，妥帖自然，诗意含蓄隽永，如《泊船瓜洲》中的"春风又绿江南岸"一句，脍炙人口。

　　欧阳修等人奠定了宋诗的大体风貌，使宋诗形成了自己的风格，而苏轼以其才华横溢的诗作将宋诗推上了高峰。

　　苏轼的诗歌内容丰富多彩，题材多样，典型而全面地展示了宋诗创作的实绩。苏轼的政治诗，表达了诗人对于政治和社会重大问题的态度和观点，如《荔枝叹》一诗，充分表现出诗人鲜明的政治态度和不畏权奸的斗争精神。

苏轼的抒情诗，着重反映了诗人壮志难酬、屡遭迫害的不幸遭遇和不屈服的精神面貌，如《游金山寺》，在描写波澜壮阔的景象之后，抒发了自己的隐逸之情。

苏轼还写有大量的写景诗，他以自然之子的激情去拥抱自然，以艺术家特有的敏锐和灵感去观察描绘，他将他的情趣、心怀融入到写景诗中。

《饮湖上初晴后雨》一诗，把西湖景色之美写得特为传神，"欲把西湖比西子，淡妆浓抹总相宜"两句，已成为万口流传的绝唱。

苏诗的艺术成就极高，他的诗想象丰富，奇趣横生，比喻新颖巧妙：描写风光、物态、人情，都能做到体察入微，形神俱现，融景、情、事、理于一炉。

《题西林壁》："横看成岭侧成峰，远近高低各不同。不识庐山真面目，只缘身在此山中。"通篇寄理于景，做到哲理与形象的高度统一。

苏轼驾驭语言得心应手，出神入化，使事用典，信手拈来，均用得贴切自如。苏轼的诗古近体无不兼备，尤长于古体和七言歌行。

苏轼的诗作典型体现了宋诗的成就和优点，他秉承欧阳修以古文章法为诗，以议论为诗和梅尧臣追求平淡以日常题为诗的经验，又开创了以理趣构诗的新路。

《吴中田妇叹》的直陈时事，《游金山寺》、《泛颍》的直叙游历，《百步洪》的铺排景物，皆运用了散文直叙和铺排的章法。而《和子由渑池怀旧》不但运用了散文化的句式，还展露了诗人以议论为诗和以理趣为诗的才能。

拓展阅读

苏轼是个非常有正义感和操守良心的好官，他所到之处都尽自己的力量为百姓做些好事。他也做了一些些诗描述了百姓的困苦，这首《雨中游天竺灵感观音院》就是其中的一首：蚕欲老，麦半黄，山前山后雨浪浪。农夫辍耒女废筐，白衣仙人在高堂。

诗的大意是：蚕要吐丝了，麦要收割了，可是遇上了连阴天，大雨连绵不止，农夫不能下田，农妇不能采桑，眼看平日的辛劳就要付诸东流，靠什么度日？菩萨本是救苦救难的，可是她却漠然地坐在庙堂里无动于衷。

苏东坡博学，深通佛理，但他不相信泥胎木塑的菩萨能有灵验，故予以讥讽。也有人认为诗人是借"白衣仙人"讽刺那些不关心民众的官老爷，这也是可能的。

黄庭坚和"江西诗派"的成就

北宋后期以及两宋之际，社会风气不佳，经济停滞不前，文学创作受此影响，在内容上不如北宋中期充实丰富，但是在艺术上刻意追求，致使创作带有更多的雕琢性。这一时期以黄庭坚为首的江西诗派成为了诗坛的主角。

黄庭坚，他在朝廷和地方都做过官，但仕途并不如意。他的诗歌极负盛名，与苏轼并称"苏黄"。他作诗学习杜甫，但不专注于杜甫诗歌的现实主义精神，而较多地在形式技巧上力求创新。

黄庭坚主张读书融古，模仿前人，在学问中求诗。他提倡所谓"点铁成金"和"夺胎换骨"的方法，在前人词句或诗意的基础上点化发挥。

他学诗注重法度规矩，又要求新求变。

黄庭坚的诗构思奇巧，又爱押险韵，作拗律，表现出一种生新奇峭的风貌，大大有别于唐代诗人，自成一家，当时就被称为"山谷体"。为了树立生新瘦硬的诗风，黄庭坚还爱用奇字僻典和拗体险韵。

在某种意义上可以说，宋诗的艺术特性集中体现在"山谷体"上。黄庭坚的诗在艺术上富有创造性，但由于在艺术形式上过分着力，影响了诗歌在表达上的通达流畅。

在诗歌章法与句法结构上，黄庭坚主张回旋转折，曲尽其变，不循常规。如七律《王充道送水仙花五十枝欣然会心为之作咏》前七句感情幽细，而末一句"出门一笑大江横"，格调明阔，使诗歌结构充满张力，给人丰富的想象。

黄庭坚诗歌的题材以思亲怀友、感时抒怀、描山摹水和题书咏画为主。代表作《寄黄几复》是为怀念他的朋友黄几复而写的。诗中表达了对相隔万里、音讯难通的朋友的深沉思念，其中也隐然寄寓着作者自己身世遭遇的感慨。

这首诗立意曲深，富有思致；起接无端，出人意表；字精句酌，造句警奇；音律上兀敖奇峭，比较全面地体现了黄庭坚诗歌的主要艺术特点。

在黄庭坚的诗歌中，也有写得比较自然流畅的，如《登快阁》。这首诗写登上快阁时的所见所感：所见是清秋晚晴的明净广远景象，所感则是孤寂的心情和归隐的意向。三四句"落木千山天远大，澄江一道月分明"，写秋山月夜景象，表现出一种开阔明净的境界，十分精巧而又自然生动。

黄庭坚的诗虽然现实性不强，但他讲究诗法，求新求奇，创造了一种奇巧瘦硬的艺术风格，使宋诗的发展产生了一种新的变化，改变了以前那种平易流畅的特点。

黄庭坚在实践中总结出一整套操作性很强的作诗方法，易于领会和学习，因此颇受当时后学们的拥戴，逐渐形成了声势浩大的流派，由于黄庭坚是江西人，追随者也多半是江西人，因此这个流派被称为"江西诗派"。

江西诗派是宋代最大的诗歌流派。江西诗派的一祖三宗，即以杜甫为一祖，黄庭坚、陈师道、陈与义为三宗。黄庭坚是江西诗派的灵魂，他的诗歌理论主张和创作实践都代表了江西诗派的特色。

陈师道，一生为贫穷所困，以苦吟著名，曾自称"此生精力尽于诗"。陈师道常衣食无着。据说他有了创作冲动时，赶紧回家，关门上床，蒙上大被构思，有时达一整天，因而有"闭门觅句"之称。

陈师道的才气不及苏轼，学力不及黄庭坚，在诗艺上却有自己的追求，其诗质朴无华而又精炼简洁，主张"宁拙毋巧，宁朴勿华"的诗风。

江西诗派在北宋朝廷南渡后，又有所发展，陈与义是江西诗派后期的代表，陈与义，生活在两宋之交。他的诗，总的说来写得比较清新，且不时能创造出一些奇特的诗境。

陈与义的《伤春》一诗蕴含着深沉的家国之痛，对南宋时期爱国诗歌有着良好的影响。

拓展阅读

黄庭坚是"苏门四学士"之一，是被苏轼赏识和奖掖的人。他比苏轼小8岁，关系在师友之间，极为亲密。苏轼在贬谪岭南期间作了许多和陶渊明的《归田园居》差不多的诗。苏轼死后，黄庭坚作了一首《跋子瞻和陶诗》称赞苏轼："子瞻谪岭南，时宰欲杀之。饱吃惠州饭，细和渊明诗。彭泽千载人，东坡百世士。出处虽不同，风味乃相似。"

苏轼是被其政敌流放的，他们想置他于死地。然而苏轼处之泰然。黄庭坚说苏东坡和陶渊明两人平生境遇并不一样，但他们的高尚节操和人生态度却十分相似，都将名传千年百代而不朽。中国向来有"文人相轻"一说，其实并不尽然，黄庭坚和苏东坡的关系就个典型的反证。

陆游将爱国主义诗歌推向高峰

　　南宋中期的诗歌以陆游、杨万里、范成大、尤袤四人为代表，号称"中兴四大诗人"或"南宋四大家"。四大家中以陆游的成就最突出，杨万里和范成大次之，尤袤诗作保存下来的不多。

　　陆游，幼年时期，正值金人南侵，历尽离乱之苦，从小就有忧国忧民之心。

　　陆游自幼好学，有"我生学语即耽书，万卷纵横眼欲枯"的好学精神，他特别喜欢兵书，18岁便有诗名，25岁又拜师学习，更加确立了他诗歌的爱国主义基调。

　　陆游初期的诗风受江西诗派影响，没有形成自己鲜明的风格。46岁时，陆游入蜀为官9年，得以亲临前线，在范成大幕府时因不拘礼法，被人讥为"恃酒颓放"，遂索性自号"放翁"。

在这之后，陆游曾在福建、江西、浙江等地任地方官，66岁时退居山阴。这一阶段，是他诗歌成熟和爱国热情最高涨的时期，特别是蜀中雄丽的山水和激烈的军事生活对他形成明朗瑰丽和豪放悲壮的诗风影响很大。

陆游晚年一直在农村赋闲，这期间他创作了大量以农民生活和农村景物为题材的诗歌。这一阶段，他写了各种诗篇7000多首，是创作的丰收期。

陆游的诗歌数量在宋代诗人中最多，共存诗9400多首，其诗歌内容也极为丰富，触及到南宋前期社会生活的方方面面，其中最突出的部分，是反映民族矛盾的爱国诗歌。

《关山月》除对战士虚度岁月空戍边和遗民含悲忍死盼恢复表示同情外，还对投降派的文恬武嬉予以深刻的批判。《书愤》则写出自己报国无门的慷慨悲凉：

早岁哪知世事艰，中原北望气如山。
楼船夜雪瓜洲渡，铁马秋风大散关。
塞上长城空自许，镜中衰鬓已先斑。
出师一表真名世，千载谁堪伯仲间！

《十一月四日风雨大作》写风雨交加之夜，老诗人还想到为国戍边，用梦思幻想表达他的爱国精神。

《示儿》写于诗人临终之时，"王师北定中原日，家祭无忘告乃翁"，这是诗人的遗嘱，也是诗人最后呼喊出的爱国之声。

除了以诗歌吟咏抗敌复国的重大题材，陆游还善于从广阔的日常生活中开掘题材。如《临安春雨初霁》中的"小楼一夜听风雨，深巷明代卖杏花"，一句透漏了书斋狭小天地中的逸情别致。

《南宋楼遇急雨》中的"江山重复争供眼，风雨纵横乱入楼"一句，描绘了苍茫阔大的自然风景。一山一水，一草一木，一人一事，都成为陆游诗中的审美对象，寄托着他对生活的关注和热爱。

陆游诗歌的艺术成就是多方面的，他诗歌的基本特征是现实主义，但也具有浓厚的浪漫主义色彩，有时两者也会有机地结合起来。

陆游诗歌的现实主义性具体表现在他始终关怀国家民族的命运，不惜为国家牺牲，并相当全面地反映了他那个时代的特点。在表现手法上，陆游往往把巨大的现实内容压缩在一首短诗里，或通过用事来概括现实。

陆游诗歌的浪漫主义色彩具体表现在对理想的热烈追求，诗中具有丰富而瑰丽的想象，也有奇特的夸张。陆游无时无事不思及恢复，但现实屡令他失望，他只好以记梦来寄托抗敌复国的理想。

陆游的记梦诗有99首之多，大多言恢复之事。这便是他能以浪漫主义手法表达具有重大现实意义题材的原因。他善于将主观感受融入其中，体现出浪漫主义与现实主义的相互渗透，从而形成了他瑰丽雄奇的独特诗风。

陆游诗歌众体兼备，又无体不工，尤善七言诗。如《长歌行》兼杜甫之沉郁顿挫和李白之豪放飘逸，特别是最后"国仇未报壮士老，匣中宝剑空有声。何当凯旋宴将士，三更雪压飞狐城"4句，笔力雄健，令人感奋不已。

陆游的诗语言通俗晓畅，明白如话，很多已成为日常用语，如"山重水复疑无路，柳暗花明又一村"，"位卑未敢忘忧国，事定犹须待阖棺"等，颇有感染力。

陆游继承了屈原、杜甫等人的爱国主义传统，将爱国主义诗歌推向一个新的境界，一个高不可及的巅峰。

拓展阅读

陆游不但是不折不扣的爱国诗人，而且还是一位精通烹饪的专家，在他的诗词中，咏叹佳肴的足足有上百首，还记述了当时吴中和四川等地的佳肴美馔，其中有不少是对于饮食的独到见解。

陆游的烹饪技艺很高，常常亲自下厨掌勺，一次，他就地取材，用竹笋、蕨菜和野鸡等物，烹制出一桌丰盛的宴席，吃得宾客们"扪腹便便"，赞美不已。他对自己做的葱油面也很自负，认为味道可同神仙享用的"苏陀"，即油酥媲美。

陆游在《洞庭春色》一诗中说，有"人间定无可意，怎换得玉脍丝莼"的句子，这"玉脍"指的就是隋炀帝誉为"东南佳味"的"金齑玉脍"。"脍"是切成薄片的鱼片；"齑"就是切碎了的腌菜或酱菜，也引申为"细碎"。

明清诗歌

元代诗歌受南宋后期瘦硬生涩、气骨衰敝的诗风影响，诗歌没有形成自己的鲜明特色，在创作上也未取得突出的成就。

明初，诗歌创作有了不错的发展，刘基、高启、杨基、袁凯等人的诗歌创作富有现实内容，气象阔大。明代中叶，针砭现实、关心民间疾苦的题材和内容，成为诗歌创作的主流，明诗的气象真正开始展露出来。明代末年，以袁宗道、袁宏道、袁中道为领袖的公安派的诗歌具有畅抒襟怀、清新洒脱的风貌，充满了生机和活力。

进入清代，诗歌创作出现了中兴的局面，其成就超越了元明两代，一大批诗人，如顾炎武、黄宗羲、王夫之、王士禛等，为古代诗歌的发展写下了一个圆满的句号。

明代初期诗歌呈现勃勃生机

明代初期，诗歌创作有一个相当不错的开局。生活在元代末年直至明代初期的一批作家，如刘基、高启等，由于亲历了改朝换代的巨大变迁，对种种灾难和痛苦有着切身体验，这自然加深了他们对社会、人生的认识，因而他们的诗歌创作富有现实内容，往往直抒胸臆，感情真挚，气象阔大，风格沉郁。

刘基，是明代的开国功臣之一，受到明太祖朱元璋的倚重。他的诗歌揭示了元代末期黑暗动荡的社会现实。其《畦桑词》、《买马词》、《赠周宗道六十四韵》等或控诉重敛伤民，或揭露元末官逼民反的真相，都不同程度地表示了对现实的忧虑。

刘基还有一篇长达1200多字的《二鬼》诗，诗中借写结邻和郁仪二鬼重整天地，为民造福，却被天帝猜疑捉拿之事，抒写自己抱负无法实现的苦闷。

高启，是明代诗歌成就最高的诗人。高启的文学思想，主张取法于汉魏唐宋各代，所以他的诗歌风格多样，学什么像什么，兼古人之所长，又自出新意。

清代史学家赵翼在《瓯北诗话》中评价高启的诗歌道：

一涉笔即有博大昌明气象，亦关有明一代文运。

《四库全书总目提要》的对高启的评语是："天才高逸，实据明一代诗人之上。"实际上，从高启的成就就可以看出明初诗歌创作呈现出的勃勃生机。

高启做官只有3年，长期居于乡里，故其部分诗歌描写了农民劳动生活，如《牧牛词》、《捕鱼词》、《养蚕词》、《射鸭词》、《伐木词》、《打麦词》、《采茶词》、《田家行》等。这些诗没有把田园生活理想化，而是在一定程度上反映了阶级剥削和人民疾苦。

如《湖州歌送陈太守》写：

> 草茫茫，水泪泪。上田芜，下田没，
> 中田有麦牛尾稀，种成未足输官物。
> 侯来桑下摇玉珂，听侬试唱湖州歌。
> 湖州歌，悄终阕，几家愁苦荒村月。

又如《练圻老人农隐》、《过奉口战场》、《闻长枪兵至出越城夜投龟山》、《大水》等诗，还描写了农民在天灾兵燹下的苦难。这些作品都是高启诗歌中的精华部分。

高启的《明皇秉烛夜游图》，着力描写唐明皇沉湎酒色，忘怀国事，最终酿成安史之乱。全诗多从白居易《长恨歌》变化而来，但没有一语相袭，可见其诗歌艺术功力之深。

《登金陵雨花台望大江》一诗最能体现高启的艺术特色，试看：

> 坐觉苍茫万古意，远自荒烟落日之中来。
> 石头城下涛声怒，武骑千群谁敢渡？
> 黄旗入洛竟何祥，铁锁横江未为固。
> 前三国，后六朝，草生宫阙何萧萧！
> 英雄乘时务割据，几度战血流寒潮。
> 我生幸逢圣人起南国，祸乱初平事休息。
> 从今四海永为家，不用长江限南北。

从南京的形胜联想到历史上的割据，再联想到今天相对安定的生活，与满怀激情中又带有几多感慨、几分苍凉。

高启诗在艺术上有一定特色。他的某些诗崇尚写实，描摹景物时细致入微。如"江黄连渚雾，野白满田冰"；"鸟啄枯杨碎，虫悬落叶轻"等句，均产生于生活实感，新颖逼真。

高启的诗注重含蓄，韵味深长。如《凿渠谣》：

凿渠深，一十寻；凿渠广，八十丈。
凿渠未苦莫嗟吁，黄河曾开千丈余。

虽然只是寥寥数句，收煞处戛然而止，却能给人以深远的回味。

还有，高启的诗用典不多，力求通畅，有些只有数句的小诗，更具有民歌风味。如《子夜四时歌》：

红妆何草草，晚出南湖道。
不忍便回舟，荷花似郎好。

这些诗句明白如话，亲切动人。

明代诗坛上出现以"三杨"为代表的"台阁体"诗派。"三杨"即：杨士奇、杨荣、杨溥，他们都是台阁重臣。台阁主要指当时的内阁和翰林院，台阁体则指当时的台阁重臣所形成的一种诗歌风格。

这些人所作的诗歌都是歌功颂德、粉饰太平的作品，其形式则是追求雍容华贵、典雅工丽，题材大都是应制、酬答和题赠，给人以枯燥乏味、平庸呆板的感觉。

与"台阁体"同时但风格迥异的是于谦的作品。他的咏物诗《石灰吟》：

千锤万击出深山，烈火焚烧若等闲。
粉身碎骨全不怕，要留清白在人间。

诗人借石灰自比，表达了自己不畏艰险、勇于牺牲的高尚情操和不凡的抱负。

"茶陵诗派"是继台阁体之后明代前期的又一个诗歌流派。针对台阁体的肤廓空泛，茶陵派以诗学汉唐相标榜，这种复古主张及其创作实践，产生了一定影响。因代表诗人李东阳是湖南茶陵人而得名。它形成并活跃于弘治至正德年间的诗坛。李东阳的成就最大。

李东阳的诗论着眼于形式，强调诗歌的体制、音节、声调、格律，忽视内容。因此，他写的大都是抒发封建士大夫情怀的应酬题赠诗作，缺乏现实内容，形式典雅工丽，诗歌视野比"三杨"开阔，但未能完全摆脱台阁体的弊端。

拓展阅读

高启的一些诗给他引来了麻烦。他写得诗多次有意无意地触动和冒犯了明太祖朱元璋。高启曾写过一首《题宫女图》的诗："小犬隔花空吠影，夜深宫禁有谁来？"

这本是一首针对元顺帝宫闱隐私的闲散之作，与明代廷毫不相干，可朱元璋偏偏要对号入座，认为高启是在借古讽今挖苦自己，所以记恨在心。

高启在《青丘子歌》写有"不闻龙虎苦战斗"的诗句，这又遭到了朱元璋的强烈厌恶。因为高启写这首诗之时，正是朱元璋率军与强敌在"苦战、苦斗"之际，在朱元璋看来，你高启作为诗人不来呐喊助威倒也罢了，竟然表示不闻不问。

另外，高启在诗中还有"不肯折腰为五斗米"的句子，表示对做官毫无兴趣，这也正是朱元璋所忌恨的。据说，高启的死就和这些不合皇意的诗作有关。

复古中徘徊的明代后期诗歌

　　明中后期，文坛上出现了许多文学小集团或文学流派，著名的有前七子、后七子、唐宋派、公安派、竟陵派等。他们或同时并起，或先后相承，各自利用一定的文学传统，提出一定的文学主张，表现一定的创作倾向，互相排斥，此起彼伏。

　　明代中期诗歌以弘治、正德年间的"前七子"和嘉靖中期的"后七子"为主要代表。前七子对当前文坛理学气和太平气弥漫的现象甚为不满，认为这是造成诗歌情感匮乏和虚假的主要原因，因此主张诗歌超越宋人的说理，回到盛唐以情感为主的传统中去。

　　前七子复古运动以李梦阳、何景明为首，包括边贡、徐祯卿、康海、王九思、王廷相。前七子提出"文必秦汉，诗必盛唐"的主张，这对扫除台阁体千篇一律、呆板单调的文风起到了一定的积极作用。

　　前七子还把目光投向民间，认为"真诗乃在民间"。但是，他们把秦汉时期古文当范本，刻意模仿，从而滋长了文坛模拟剽窃的风气，或以形式上的古奥艰深来掩盖内容的贫乏浅薄，虽然前七子的创作以拟古为主，内容相对贫乏浅薄，但是他们还是在两个方面取得了一定的成绩。

一是前七子由于自身的政治遭遇和干预时政的勇气，这使得他们的诗歌某方面具有现实意义，如李梦阳的《石将军战场歌》、《自从行》；何景明的《玄明宫行》、《点兵行》等。

二是由于前七子的主情论调，在推崇盛唐诗歌的同时，也对情真意切的市井民歌非常重视，客观上推进了市井民歌的发展。

明代嘉靖、万历年间，在文学上又出现了以李攀龙、王世贞为代表的"后七子"，包括谢榛、宗臣、梁有誉、徐中行、吴国伦等7人。

后七子的文学思想与前七子的文学思想一脉相承，他们进一步主张"文必西汉，诗必盛唐，大历以后书勿读。"从而将将拟古之风又一次推向了高潮。

后七子中，以王世贞声望最高，创作最多，影响也最大，其诗歌题材丰富，风格也较为多样化，一定程度上突破了复古的樊篱。

与前七子同时的江南一批画家兼诗人，以王慎中、唐顺之、归有光、茅坤等为首的"唐宋派"出现在文坛，他们最早起来反对拟古文学运动，继承南宋以来推崇韩愈、柳宗元、欧阳修、曾巩等唐宋时期古文名家的传统，提出"文从字顺"的主张来矫正前后七子的创作弊病。由于他们崇尚唐宋古文，因此称为"唐宋派"。

唐宋派在当时看到了拟古派给文学带来了危机，竭力反对文学复古，就这一点来说是进步的。归有光，字熙甫，江苏昆山人。他是"唐宋派"中成就最突出的一位作家。

诗歌并非归有光所长，文集40卷中，存诗仅一卷，多写人民生活惨状、官吏贪婪怯懦、倭寇的肆虐横行，如《郓州行寄友人》、《海上纪事十四首》等。

明后期诗歌，在万历年间有了较大变化，那个时候复古运动已经渐渐消退，李贽竭力反对前后七子的文学复古主张，提出了"童心说"。李贽认为，所谓童心，也就是赤子之心和真情实感，是一种未被道学礼教所蒙蔽的内在情感。

在李贽看来，只有具有童心的文学，才是真文学。他明确申言："天下之至文，未有不出于童心焉者也。"李贽的学说具有反传统价值体系的色彩，对后面的公安诗派影响很大。

"公安派"是明代后期万历年间的一个诗文流派，主要以袁宏道、袁宗道、袁中道为代表。因"三袁"是湖北公安人，故称这个诗文流派为"公安派"。公安派理论核心的口号是"独抒性灵"。他们的诗文理论主要体现在3个方面：

一是认为诗文的发展方向不在于复古，而在于创新；二是反对诗文创作剽窃模拟，矫饰虚假，强调诗文创作要抒发自己的实际感受和独到见解；三是反对古奥艰涩、隐晦难懂的诗风，主张诗歌要意达辞畅。

公安派很好地将诗文理论贯穿到自己的诗文创作中，如袁宏道的《戏题斋壁》中："一作刀笔吏，通身埋故纸"；袁中道《听泉》中的"一月在寒松，两山如昼朗"等，都是信手而出的佳作。

"竟陵派"是继公安派而起的一个诗文流派，其实两者在理论和实践上并无太大的差别，"竟陵派"只是力图纠正公安派末流的弊病。这一派的代表人物是钟惺、谭元春，因为他们都是湖北竟陵人，因而这一派得名"竟陵派"。

钟惺、谭元春曾经合力编选《诗归》，单行称《古诗归》、《唐诗归》。在《诗归序》和评点中，他们积极宣扬自己的文学主张，风行一时，"竟陵派"因此而成为影响很大的诗派。

竟陵派在理论上接受公安派提出的独抒性灵的口号，但也看到了公安派的流弊在于俚俗、浅露、轻率的一面，他们追求用"幽深孤峭"的风格来纠正公安派的不足。提出"求古人真诗"，既学古，也学真，强调以自己的精神为主体去探求古人的精神所在，但他们过于追求自我意识，显示了一定的褊狭性。

"竟陵派"的诗偏重心理感觉，境界狭小，主观性太强，诗歌中的景象偏于寂寞荒寒，语言又生涩拗折，读来颇感幽塞不畅。

明末，阶级矛盾和民族矛盾日益尖锐，士人们强烈体会到家国之痛，他们将这种沉痛之感注入他们的诗歌中。这些士人中，陈子龙和夏完淳的创作最为出色。

陈子龙，长于诗歌，创作了不少感时伤事的作品，如《小车行》、《卖儿行》、《辽事杂诗》8首等。《秋日杂感》10首是他的代表作。夏完淳，与陈子龙同是松江华亭人，是陈子龙的学生，也是一位爱国英雄，代表作《别云间》：

三年羁旅客，今日又南冠。

无限河山泪，谁言天地宽？

已知泉路近，欲别故乡难。

毅魄归来日，灵旗空际看。

诗作表达了作者一方面抱着此去誓死不屈的决心，一方面又对行将永别的故乡，流露出无限的依恋和深切的感叹。

这首诗作于秋季作者在故乡被清兵逮捕时，是一首悲壮慷慨的绝命诗。写出了作者对亡国的悲愤，以及壮志难酬的无奈。

拓展阅读

竟陵派与公安派的审美趣味迥然不同，在这背后，又有着人生态度的不同。

公安派诗人虽然也有退缩的一面，但他们敢于怀疑和否定传统价值标准，敏锐地感受到社会压迫的痛苦，毕竟还是具有抗争意义的。他们喜好用浅露而富于色彩和动感的语言来表述对各种生活享受、生活情趣的追求，呈现内心的喜怒哀乐，显示着开放的、个性张扬的心态。

而竟陵派所追求的"深幽孤峭"的诗境，则表现着内敛的心态。他们的诗偏重心里感觉，境界小，主观性强，喜欢写寂寞荒寒乃至阴森的景象，语言又生涩拗折，常破坏常规的语法、音节，使用奇怪的字面，每每教人感到气息不顺。他们对活跃的世俗生活没有什么兴趣，所关注的是虚渺出世的"精神"。他们标榜"孤行"、"孤情"、"孤诣"。从思想境界来看，公安派要超越竟陵派。

清初遗民诗和中期诗歌理论

清代初期，由明代入清代的很多知识分子割不断故国之情，忠实地恪守着民族气节，他们的诗哀故国、悲往事、望恢复、明志节，这批诗人代表诗人有顾炎武、黄宗羲、王夫之、钱谦益、吴伟业等。

顾炎武，与黄宗羲、王夫之并称"明末清初三大儒"。顾炎武的诗多伤时感事之作。诗平实不尚藻饰，是"主性情、不贵奇巧"的学者诗，持重、沉郁、苍凉的风格中可见杜甫诗的神韵。

黄宗羲，学问极博，思想深邃，著作宏富，他的诗强调抒写现实，如《周公瑾砚》：

> 剩山残水字句饶，
> 剡源仁近共推敲。
> 砚中斑驳遗民泪，
> 井底千年恨未消。

诗中亡国之恨，故国之思，不加遮拦地溢出笔端。

王夫之的诗后人评其为"含婀娜于刚健，有《风》、《骚》之遗则"。王夫之最推崇屈原，并承继了其忧国忧民的爱国情怀和以美人香草寄托比兴的艺术风格。

王夫之的《正落花诗十首》之一诗中五六句脱化于屈原《橘颂》中的"受命不欠，生南国兮"的语句，用花去香消树仍青青来表明自己志节不改，浩气长存。

清代初期诗风多样，其中能左右诗风，影响远播的诗人是钱谦益、吴伟业。钱谦益，在明末清初诗坛上有着非常重要的地位，他编有广罗明代诗歌的《列朝诗集》，并在《小传》部分通过对各家的褒贬、评论阐发自己的诗歌主张。

钱谦益不仅重视唐诗，也重视宋诗，由此开了清人宗宋的风气，成为明清诗歌变化的一大转折。他的诗将唐诗与宋诗的特点结合在一起，善于用典，富于辞藻，善于抒情，长于近体，具有鲜明的艺术特色。

钱谦益能以《后秋兴》13组124首诗与杜甫《秋兴八首》叶韵唱

和，学杜甫而不拘泥，足证其艺术造诣之深。

吴伟业，早期的诗歌显得较为清丽，而在明末清初的社会大动荡中，他写的诗歌多以重大历史事件为背景，更多地关心具体个人在历史中的命运。

《圆圆曲》是吴伟业的歌行体诗，通过名妓陈圆圆与吴三桂的悲欢离合，描写吴三桂降清导致明代灭亡的重大历史事件，将风情万种的儿女私情与波谲云诡的重大政治事件结合在一起。

诗中对陈圆圆曲折坎坷的经历充满了同情。"恸哭六军俱缟素，冲冠一怒为红颜"，对吴三桂虽有婉曲的嘲讽，却又带有颇多的同情。像《圆圆曲》这样的诗，用七言歌行写成，兼具"初唐四杰"和

白居易诗歌的神韵，深情婉转，韵味悠扬。

除《圆圆曲》外，吴伟业还写有《永和宫词》、《琵琶行》、《雁门尚书行》等七言歌行，一直被世人传诵。

在清代初期诗坛上，"南施北宋"也是有影响的诗人。"南施"，即施闰章。施闰章，对百姓的疾苦感触至深，诗中的诚挚同情溢于言表。他还写有工于写景的诗。这些诗作自然流畅，绘声绘色，景象万千，颇具盛唐王维、孟浩然的风度。

"北宋"，即宋琬。宋琬一生坎坷，连遭大难，写下的诗歌多反映被逮捕、被关押的生平遭遇，其感慨时世和悲苦怨懑

之词充斥诗篇。他五七言古体篇幅严密，淳雅凝练，格调苍茫。

王士禛，在清代初期诗人中最著名，倡导"神韵说"，即在诗歌的艺术表现上追求一种空寂超逸、镜花水月、不着形迹的境界。王士禛遵从"神韵说"，他的诗追求淡远空灵、委婉蕴藉的风格。

王士禛早年的成名之作《秋柳》4首表现出意旨朦胧，情境悠远的特点，而《秦淮杂诗》二十首更是得到人们的竞相传写。

清代中叶，诗坛涌现了很多著名诗人，其中成就和影响最大的为性灵派诗人，代表诗人为袁枚，此外，还有持"格调说"诗人沈德潜、持"肌理说"的诗人翁方纲。

袁枚诗主"性灵说"，"性"即性情、情感，"灵"即灵思、灵趣。他的4000余首古今体诗作，就努力体现了其性灵说的美学追求。

袁枚主张作诗要有真性情，要有个性和诗才。性情是诗的根本，性情以外本无诗；性情要表现出诗人独特的个性，作诗不可无我；诗人必须有才，"诗人无才，不能役典籍，运心灵"。

袁枚创作了许多真实动人、灵趣盎然、清新活泼的性灵诗，不仅是当时诗坛的异军别派，也对近现代诗歌的新变产生了影响。他的旅游诗真率自然，清新灵动。此外，他还有大量的咏史诗。

沈德潜，他论诗标榜"格调说"。所谓"格"，指诗歌体制上的合乎规格；所谓"调"，指诗歌的声调音律。

沈德潜的"格调说"推崇唐诗，重视体制格调，决定了他在诗歌风格上尊崇雄豪壮阔的境界。他对"神韵说"提倡的清远冲淡的诗风很是不满，而对杜甫的"宏才卓识，盛气大力"给予高度称赞。

沈德潜认为在作诗的态度上，必须"一归于温柔敦厚"，"怨而不怒"；在作诗方法上，必须讲究比兴、"蕴蓄"，不能"发露"。

翁方纲，他论诗主"肌理说"，宗法宋诗，强调写诗重在读书，有学问，有方法。翁方纲的"肌理说"对矫正"神韵说"的虚渺、"格调说"的空套有一定的意义，但过分强调学问在创作中的作用，忽视作家的才情和活生生的生活，也使他的诗论没有大的成就。

拓展阅读

王士禛之前，虽有许多人谈到过神韵，但还没有把它看成是诗歌创作的根本问题，而且在相当长的一段时期内，神韵的概念也没有固定的、明确的说法，只是大体上用来指和形似相对立的神似、气韵、风神一类内容。到王士禛，才把神韵作为诗歌创作的根本要求提出来。

王士禛早年编选过《神韵集》，有意识地提倡神韵说，不过关于神韵说的内涵，也不曾作过专门的论述，只是在许多关于诗文的片断评语中，表述了他的见解。

神韵为诗中最高境界，王士禛提倡神韵，自无可厚非。但并非只有空寂超逸，才有神韵。神韵并非诗之作品所独有，而为各品之好诗所共有。王士禛将神韵视为逸品所独具，是其偏失之处。

与时代同呼吸的清代后期诗歌

　　清代后期，社会状况复杂，经世致用的思潮波涛汹涌，新思潮的汹涌澎湃震荡着传统文坛，这一时期留下了众多揭露时弊和抒发忧国之情的诗篇，作为时代的纪录，有其特殊意义。这时期的代表诗人有林则徐、龚自珍、魏源、黄遵宪、康有为、梁启超等。

　　以虎门销烟而名垂史册的林则徐，并不以诗著称，但由于地位与经历的关系，他的诗作对了解鸦片战争前后的形势有重要的价值。他谪戍伊犁时所作《赴戍登程口占示家人》、《出嘉峪关感赋》等，表达了忧念时事、以身许国的热情。

　　前一首中"苟利国家生死以，岂因祸福避趋之"是他常吟诵的句子，从中可以感受到一个正直的政治家的心迹。

龚自珍，自幼接受了良好的传统文化教育，才思过人，胸怀远大。他27岁中举人，38岁中进士，曾任内阁中书、宗人府主事和礼部主事等官职。

龚自珍的诗文创作，是走向近代文学的新篇章，他的诗作，将抒情、政论和艺术形象有机地统一在一起，具有丰富的奇异想象和艺术形象，而且形式多样，风格多样，语言清新多彩，不拘一格。

龚自珍的《己亥杂诗·九州生气恃风雷》原是一首应道士请求而作的祭神诗，诗人借题发挥，以"我劝天公重抖擞，不拘一格降人才"，大声疾呼让各种优秀人才脱颖而出，寄托了诗人对当时黑暗沉闷现实的强烈不满。

魏源，和龚自珍是好友。他是一位有见识的学者和思想家，曾受林则徐嘱托编纂叙述各国历史地理的《海国图志》，为中国放开眼界看世界的先驱者之一。书中提出"师夷长技以制夷"，代表了那个时代进步的士大夫中一种比较普遍的思想。

魏源的不少诗篇，如《江南吟十章》、《寰海十章》及《后十章》、《秋兴十章》等，都是议论时事、抒写感愤的政治诗。所表达的见解，主要是在坚持中国固有传统的前提下反对闭关自守、主张学习西方技术，具有历史价值。

同时，魏源的政治诗直叙胸臆，诗体也比较解放，不过诗中用典与议论偏多，有时直书其事，一定程度上削弱了诗的意象与美感。

在普通的抒情诗篇中，魏源的山水诗很有名。他喜欢写雄壮奇伟的景象，《太室行》、《钱塘观潮行》、《天台石梁雨后观瀑歌》、《湘江舟行》等均有此种特点，可以看出作者豪迈活跃的个性。

另外，魏源的咏史诗也颇为人称赏。《金陵怀古》之一中的两联：

> 只今雨雪千帆北，自古云涛万马东。
> 千载江山风月我，百年身世去来鸿。

姚燮，道光时举人。他写有很多关于鸦片战争时事和有关社会情况的诗篇，有"诗史"的特点。《哀江南诗五叠秋兴韵八章》之二，写陈化成之战死：

> 飓风卷纛七星斜，
> 白发元戎误岁华，
> 隘岸射潮无劲弩，
> 高天贯月有枯槎。
> 募军可按冯唐籍，
> 解阵空吹越石笳。
> 最惜吴淞春水弱，
> 晚红漂尽细林花。

这一时期诗人关涉时政的诗篇，无论歌颂还是讥讽，通常都写得比较夸张。这首诗从年老的陈化成无力支撑颓势落笔，流露了深深的哀痛和同情，也反映着作者对时局的感受，所以能够打动人。

黄遵宪，是诗界革命的旗帜，但是黄遵宪不以诗人自居，用他自己的话说是"余事作诗人"，但是他在诗歌创作方面有很高的成就。

黄遵宪在诗界革命中，不仅在理论方面对诗歌的革新进行了可贵的探讨，还创作了大量的新诗，成为诗界不折不扣的一面旗帜。他的诗歌有《人境庐诗草》、《人境庐集外诗辑》等共1000多首。

黄遵宪的诗不受内容形式的限制，开辟了我国诗歌史上从未有过的广阔领域。

黄遵宪在创作上勇于推陈出新，既借鉴古人成果，又从民歌中吸取养分。他的诗歌形象鲜明，用典贴切、词汇丰富，才思敏捷，他的诗改变了唐宋时期以后诗歌创作沉迷于拟古的方法，更新了诗歌意象，开始了又旧体诗向新体诗的过渡。

康有为，是戊戌变法的发动者。康有为为人雄强自负，其诗亦气势不凡。如《登万里长城》之一：

秦时楼堞汉家营，匹马高秋抚旧城。

鞭石千峰上云汉，连天万里压幽并。

东穷碧海群山立，西带黄河落日明。

且勿却胡论功绩，英雄造事令人惊！

诗中景象宏伟，诗人自我的精神形象也异常高大。第三句把神人鞭石下海为秦始皇造石桥的传说改为鞭石上山，以表现英雄人物驱使一切的非凡力量。

梁启超，早年曾拜康有为为师，是戊戌变法的核心人物之一。梁启超学问博杂，笔力纵横，著作丰富，有《饮冰室合集》。他的诗作《太平洋遇雨》：

一雨纵横亘二洲，

浪淘天地入东流。

却余人物淘难尽，

又挟风雷作远游。

这首诗作于梁启超于戊戌变法失败后亡命海外时，但诗中境界宏阔，意气飞扬，绝无沮丧之色。

梁启超提出了"诗界革命"的口号，力图把已有的诗歌变革推向深入，在《夏威夷游记》中，梁启超就"诗界革命"的方向提出要兼备三长：一为"新意境"。主要指诗的题材、内容方面要进入"新意境"；二为"新语句"；三为"以古人之风格入之"。

章炳麟，甲午战争后从事政治活动。章太炎精通文字学，好用古字，但一首《狱中赠邹容》却写得极为明快：

> 邹容吾小弟，被发下瀛洲。
>
> 快剪刀除辫，干牛肉做糇。
>
> 英雄一入狱，天地亦悲秋。
>
> 临命须掺手，乾坤只两头。

诗写得不甚讲究，但气度轩昂。后4句集中抒情，谓偌大乾坤，只两颗好头颅，写出豪杰气概。

拓展阅读

"宋诗运动"是清代晚期重要诗歌派别之一。道光、咸丰时期，诗体也发生了变化，其方向是"宗宋"或"学宋"。所谓"宋"与"宋诗"，概指以苏轼、黄庭坚为主的宋人诗风，上溯开启宋代诗风的杜甫及韩愈。"学宋"大体上是提倡以学问补充性情之不足，以文法入诗，同时以宋诗的开拓精神去扩大表现范围。

"宋诗运动"这一诗派发展分3个时期：道光、咸丰之际为第一期，程恩泽等人首倡，何绍基、郑珍为重要人物；咸丰、同治之际为第二期，曾国藩为其首领；光绪、宣统至民初为第三期，"同光体"为其代表。